JN076742

マドンナメイト文庫

三年C組 今からキミたちは僕の性奴隷です

桐島寿人

目次

contents

三年C組　今からキミたちは僕の性奴隷です

プロローグ

「えっ……ンッ」

小宮山真希《こみやまま　き》は、化学準備室でファイルを探しているときに、いきなり背後から誰かに襲われた。

口を大きな手で塞がれる。

真希は眼鏡の奥の目を大きく見開き、なにが起こったかもわからず、とにかく手足をバタつかせる。

「へへへ。暴れんなって」

後ろから男が囁いた。若い声だ。

グレーのスラックスが見えている。聖《せい》モルス学園《がくえん》の男子生徒の制服である。襲ってきた相手は男子なのだと、混乱した頭の中でもそれだけはわかった。

「だ、誰か！」

口を押さえていた男の手が離れるや、真希は大きな声で叫んだ。

だが化学準備室は校舎の端のほうにあり、隣の実験室も昼休みで誰もいない。

それでも、真希は必死に声を搾り出した。

「助けて、誰……ンンンッ」

もう一度叫ぼうしたら、すぐにタオルのようなもので唇を割られるように嚙まされて、後頭部で縛られた。

そのまま床に押し倒され、今度は両腕を取られ、背中にまわされた。

そして手首をひとつにまとめられ、縄で拘束されてしまう。

（そ、そんな……ああ、両手が縛られて……）

真希は私立の名門高校である聖モルス学園の三年C組の生徒で、休み時間にはいつも読書をしているおとなしい性格の女子である。

地味な眼鏡に編みこんだおさげの黒髪が特徴的な、典型的なメガネっ娘だ。

だから真希は、誰かと間違われているのだと思った。

自分が襲われるわけがないと。

だが、彼女は知らなかった。

眼鏡の奥にある切れ長の目は理知的で、まじめそうな優等生タイプだが、じつはかなりの美人であることは、男子生徒たちの中ではよく知られていた。

首もとに赤いリボンをあしらい、白いブラウスの上にグレーのサマーニットという学園の制服だが、そのニットのたわわなふくらみは、健全な高校生男子が顔を赤らめて盗み見るほど悩殺的だった。

チェック柄のミニスカートから伸びた美脚や、細くくびれたウエストから尻にかけての肉づきのよさが、充分に成熟した大人の色香を感じさせた。

つまり、地味なメガネっ娘は眼鏡を取ればかなりの美少女で、しかもスタイルがバツグンにいいときている。

男子生徒の中には密かに真希を好いている人間も多かったのだ。

「悪く思うなよ」

「へへ。真希ちゃん、ちょっとだけ遊ぼうぜ、俺たちとさ」

(私のこと、知ってる!)

うつ伏せに押さえつけられた真希が顔をあげる。

目と口だけを出した覆面姿の三人組だった。真希は恐怖で顔を強張らせる。

「ウヘヘ……なにをされるかって顔してるなあ」

男が真希の髪をつかんだ。

もうひとりの男がポケットからスマートフォンを取り出す。

「時間がねえや。さっさとやろうぜ」

「そうだな……さあて、真希ちゃん、あんた処女だろ。へへっ。今から男を教えてやっからよ。夏休み前にロストバージンといこうぜ。記録も撮ってやっから」

男の言葉に、真希は表情を凍らせた。

目的は私の身体……無理やりに身体を奪われ、それを撮影される……。

(いやっ。そんなのいやっ)

「ムーッ。ンンッ……ンンンッ」

真希は激しくイヤイヤし、拘束された手を振りほどこうとする。

だがほっそりした手首に縄の痕がつくほど、しっかりと後ろ手に縛られていて、どうにもならない。

身体を揺すっていたそのとき、男の手が背後から伸びてきて、ニット越しの乳房をギュッと鷲づかみにした。

「ンンンッ」

はじめて男におっぱいを揉まれ、真希は軽くパニックになって身体を強張らせた。

「うひょお。やっぱ、でけえな」

男がのしかかるように体重をかけながら、真希のニットをまくりあげて、ブラウスのボタンをはずしはじめる。

(い、いやっ)

脱がされるとわかって、真希は必死に身を揺する。

しかし、男の圧迫がすごすぎて、足をバタバタさせるくらいしかできない。

そうこうしているうち、ボタンをすべてはずされてしまう。さらにブラウスの前を割られ、純白のブラジャーに包まれた乳房をあらわにされた。

「マジかよ……これさあ、Fカップとかあるんじゃねえ？」

別の男がスマホを真希に向けて、カシャ、カシャとシャッターを切った。

「ンンンッ……ングッ」

(やめてっ。撮らないで！)

反射的に顔をそむけようとしても、背後の男が真希の頭をしっかりと固定し、その怯《おび》えた表情と露出した乳房を同じ画《え》に収めて撮影する。

「ヒヒ……どんな乳首してるんだろうなあ。じっくり見てやるぜ、真希ちゃん」

男の手がブラカップにかかる。

「ムーッ」

真希はうつ伏せになって、おっぱいを隠そうとするが、男はそうはさせまいと肩をつかんで仰向けにさせる。

男がニヤニヤと笑い、少しずつブラカップを上にズラしていく。

一気にまくられないところが、恥ずかしくてたまらない。

じわりじわりと下乳から乳頭部をあらわにされていく。

「おっ、やっぱ乳輪はでけえな。でも、色はいいぜ。薄ピンクだ」

「へへ。さすが処女だな」

「乳首はどんなかなあ……ウヘへ。楽しみだぜ」

男たちが舌舐めずりしながら、ブラカップをまくりあげた。処女の初々しい美乳がプルンッとはじけるように飛び出した。

「お……」

「おお……すげえっ」

高校生とは思えぬ、たわわなふくらみに、三人の男たちが言葉を失う。

「ムッ。ムウウウ!」

乳房を男たちの目にさらされて、真希は眼鏡の奥の瞳に涙をにじませ、まっ赤な顔で身をよじる。

真希の乳房は仰向けでもまったく崩れない円錐形で、透き通るような薄いピンクの乳頭がツンと上を向いている。

乳暈《にゅううん》は大きめだが、これほどの巨乳ならばむしろ小さいだろう。

静脈をわずかに透けさせる白い乳肌が、まだ硬さの残る蒼い果実を思わせる。だが身体を揺すれば、ぷるるんとたわむのだから意外にやわらかそうだった。

「おい、写真!」

男がハッとして隣の男を小突いた。

「あ、ああ……へへっ。思わず見とれちまったぜ。すげえおっぱいしてんじゃねえかよ、真希ちゃん」

泣き濡れた顔、剝き出しの乳房……カシャカシャとシャッターを切られて、誰にも見せたことのない女子高生の清らかな半裸が記録される。

(ああ……私の裸……撮影されて……い、いやっ……)

真希は泣き声を出そうとするものの、その嗚咽《おえつ》すら口に嚙まされたタオルに吸収されてしまう。

「ウッヘヘ……どうれ」

男の指が無遠慮に乳肉に食いこんでくる。

「ンンンッ」

真希は猿轡《さるぐつわ》の奥で悲鳴をあげ、不自由な身体をのたうたせる。

激しい抵抗でミニスカートは腰までまくれ、純白のパンティが男たちの目にさらされる。

「子どもみてえなかわいいパンティじゃねえかよ。でも、似合うぜえ、真希ちゃん」

別の男の手が太ももを這うように伝わってきて、パンティのクロッチに触れる。乳房を揉まれているだけでもおぞましいのに、下着一枚の上からでも、女の恥ずかしい部分に触れられて、嫌悪感が全身にひろがっていく。

「おま×こがぷっくりしてるなあ。ぐあいがよさそうだぜ」

「へへ。こっちもだ。おっぱいの押し返す弾力がたまんねえぜ」

乳房をやわやわと揉まれ、ときにギュッと指が食いこむほど強く握られる。

「ンンンッ」

(も、揉まないでッ)

真希は猿轡の奥からくぐもった悲鳴を漏らして、眼鏡の奥でつらそうに眉をひそめる。だがじつは、そのいやがる表情こそがますます興奮させてしまうのだ。

もう真希の表情は女子高生とは思えぬ女のムンムンとした被虐美をたずさえていて
三人の男は制服のズボンの股間を、パンパンに腫らしてしまっている。

「イヒヒ。手のひらに収まんねえや。真希ちゃんさあ、密かにこのおっぱいの揺れぐあい、クラスの男たちにチェックされてんだぜ。知ってたア？」

煽りつつ、男が真希の顔をのぞきこむ。

そのときだった。

男の指が乳首を挟みこみ、こりこりっと愛撫した。

「ン、ンンフゥッ」

乳首から電気が流されたみたいだった。

真希はのけぞり、思いきり目を見開いて顎をそらした。

男たちがその反応を見て、ニタニタと笑う。

「おいおい、感じちゃったのか、真希ちゃん」

イヤイヤするも、さらに乳首を強くつままれると、反応したくないのに勝手に腰がビクッ、ビクッと震えてしまう。

（あううう……い、いやっ……そんなふうにしないでっ……あああッ）

眼鏡の奥で涙をにじませながら、真希が首を振る。

「おっ、乳首が硬くなってきたぜ。感度がいいなあ、真希ちゃん。おとなしく本ばっかり読んでるなんて、もったいねえ身体だぜ」

言いながらさかんに乳頭をいじくりまわされる。

いやなのに、気持ち悪いのに、おっぱいの先っぽは、先ほどからズキズキと疼き、男の手の中で淫らな熱を持ってしまう。

(ど、どうしてっ……どうしてなのっ)

「ンウ？　ンンンンッ」

戸惑っている間に、スカートの中に潜りこんだパンティに指がかかり、真希は慌てて腰をよじらせる。

(ああ、ショーツが……脱がさないでっ……あっ……いやっ)

しかし必死の抵抗も空《むな》しく、パンティがするすると剝かれていく。

「ンンンッ……」

恥部が外気にされされる恥辱に、真希は口を割られたタオルを噛みしめ、呻き声を放つ。

「ヒヒヒ……」

男たちがいやらしい声をあげ、美少女のあらわになった下腹部に目を落とす。

ぷっくりとした肉厚の恥丘に、うっすら生えた恥毛。

縦に割れた小ぶりのスリットは処女らしくぴったりと閉じ合わされて、美少女の聖なる部分を男たちのいやらしい視線から覆い隠しているようだ。

（いやっ）

恥ずかしい部分を見られたくないと、腰をよじって両足を引きつけてまるめれば、ゆで玉子のようなまっ白いヒップがあらわになる。

「へへへ。かわいい尻だなあ。たまんねえぜ」

小さくまるまったパンティを足首から抜き取ると、男はそのクロッチをひろげて鼻先に持っていく。

わずかに小水の匂いも混じる、甘酸っぱい女の発情した匂いだ。

「イッヒヒ。おま×こをじっくりと見てやるぜ」

男はわざとらしく声をあげると、真希の太ももをつかんで思いきり左右に割り開いた。

「ムーッ」

それまでになく、真希は激しく抵抗し、顔を何度も横に打ち振った。

（いやっ。いやあああ！）

思いきり足をひろげられ、恥ずかしい部分を直《じか》に見られている。

処女で恥ずかしがり屋の真希には死なんばかりの恥辱で、もう頭がおかしくなりそうだ。

「ヒヒッ。キレイなピンク色だぜ。おい、写真」

「わかってるって。ほうら、真希ちゃん、ご開帳だぜ。顔とおま×こをいっしょに撮ってやるからな」

カシャ、カシャ……。

（ああ……撮影されている……恥ずかしい場所も、私の顔といっしょに……）

目をギュッとつむり、顔をこれ以上そむけられないところまで横に向ける。

絶望的な気分に、抵抗する気力が弱まっていく。

しかし、もちろん男たちの凌辱はそれで終わりではなかった。

あっ、と思ったときにはナメクジのようにねばねばした舌が、女のワレ目をぬるりと舐めあげていた。

「ンンンンッ」

（な、舐められているッ……私の大事なところ……そんな……アアッ……そんな……気持ち悪いッ……ああッ）

ピチャ、ピチャ、クチュ……ピチャピチャ……。

（うああ……や、やめて……もう、やめてぇぇ……）

タオルを噛みしめるも汚辱が凄《すさ》まじく、いてもたってもいられない。いやらしく男の舌が上下するたび、異常なまでにおぞましさが襲いかかってくる。

「エッへへ……やっぱりだ。真希ちゃん、もう濡らしちゃってるねえ……気持ちよかった？」

男の声が聞こえてくるも、なにを言っているかわからない。

真希はオナニーをしたことがない。アソコを指でいじくるなど、恥ずかしくてできなかったのだ。だがシャワーのときに陰唇を指で触れると、ビクッとして身体の奥からなにかが湧きあがる感触があった。

だがそれはイケナイことだと思って、反応してもそれ以上はしたことがなかった。

それが今は……。

気持ち悪くてたまらないのに、くすぐったいような、痺れるような、妖《あや》しげな感覚が、男の舌によって生じてきてしまう。

「濡れてる？　マジかよ」

「マジだぜ。見ろよ」

聞きたくないのに、否定したいのに……それでも男の舌によって、クチュクチュと水音を立てられれば、いやがおうにも新鮮な蜜をあふれさせているのがはっきりとわかる。

（いやあ……違うわ。そんなわけない……ハアハア……もう、いやっ。許して……）

泣き濡れても、男の責めは容赦なかった。

腰を振り立て抗っている最中に、ぬぷりと女のワレ目に指を入れられて、奥をかき混ぜられる。

「ンッ、ンフッ……」

真希は猿轡を噛みしめ、身体を震わせる。

グチュグチュと果肉の潰れるような音が響き、自分の鼻にもいやらしい体臭が届いてくる。

「おい、やっぱ感じてるぜ……処女のくせによ。もう、たまんねえや」

男の声と同時にうつ伏せにされて、腰だけを後ろに突き出すような格好を取らされる。両手は背中でくくられているから、頭を床にこすりつけて、尻だけを掲げた恥ずかしい格好だ。

「俺からでいいな」

男の興奮した声のあと、チッという舌打ちが聞こえる。肩越しに男が制服のスラックスを下ろしているところが見えた。

処女でも、本を読んでいるからセックスの知識はある。

恐れていた瞬間が、現実のものとして真希に襲いかかってきていた。

（いやっ。それだけはいやっ）

真希は懸命にヒップを振り立てるが、男にがっしりと腰を持たれてはどうにもできない。

（あああ……そんな……こんなこと……嘘……嘘よッ）

腰をグイっと引き寄せられ、恥ずかしいワレ目に切っ先が当たったときだった。

ドンドンッ、ドンドンとドアがたたかれて、男たちはハッと出入り口を見る。

一応つっかい棒のようなもので支えてはいるものの、あの勢いなら破ってきそうである。

「関係ねえ。今のうちにヤッちまえよ」

スマホを片手に持った男が、真希をバックから犯そうとしている男に言う。

「だめだ。誰か来たらすぐに逃げろって言われているだろう」

「チッ」

そのうちに、

「おい、開けろッ。いるんだろ」

男の声がして、覆面男たちが動きをとめる。

「小林《こばやし》の声じゃねえか」

「ああ、やべえな」

男たちは出入り口に行き、つっかい棒をはずしてドアを思いきり開ける。

「わっ」

三人は男を吹っ飛ばして、走って逃げていった。

男が起きあがり、中に入ってきてハッとした顔をする。

「小宮山さん！」

駆け寄ってきたのは、真希と同じ三年C組の小林だった。

第一章　巨乳令嬢の銃身舐め

1

　六月のある日。

　中世ヨーロッパを思わせるゴシック建築の大講堂では聖モルス学園の、朝の礼拝が行われていた。

「それでは聖歌を歌います」

　神父が声をかけると、学生たちがいっせいに立ちあがる。

　男子生徒は半袖の白いシャツに、グレーのスラックス。

　女子生徒は首もとに赤いリボンをあしらい、白いブラウスの上に、グレーのサマーニット、そして赤いチェック柄のプリーツスカートと濃紺のハイソックスという出で立ちだ。

古くから名門と謳《うた》われるこの男女共学校で、女子生徒が太ももをあらわにしたミニスカートを穿いているのは、ひとえにこの学校には著名芸能人や、芸術家、政治家や官僚といった上流家庭の子女が数多く在籍しているからである。

野暮ったいスカートよりも、気品とかわいらしさを兼ね備えた、有名デザイナーのミニスカートが好まれているというわけだ。

礼拝の行われている同時刻。

理科教師の仁科《にしな》隆治《りゆうじ》は中庭にある花壇の傍に座り、花に水をやっていた。

咲いているのは、赤や黄色やピンクの色とりどりの花である。

(いつもキレイだね、僕の花たち……キミたちは素晴らしいよ……僕に従順でいてくれる……)

仁科はニヤニヤしながら、その花を見つめた。

髪はぼさぼさで頬がくぼみ、いつもヨレヨレの白衣を着ている仁科は、さながらマッドサイエンティストといった装いだ。

そして寡黙であるのに、いつもニタニタと薄気味悪い笑みを浮かべているために、女子生徒からは「キモい」と敬遠されている。

そのときだ。

「お疲れ様です。いつも素敵な花壇ですね」

可憐な声が聞こえた。

しゃがんでいた仁科が振り向く。

グレーの膝丈のタイトスカートから伸びる、すらりとしたふくらはぎに、キュッとしまった足首、そして紺のローパンプスが見えた。

「あっ……し、白石《しらいし》先生」

仁科は慌てて立ちあがった。

白石麻美《あさみ》は男女問わず人気の美人教師である。

国語の非常勤教諭で、独身の二十六歳。

ミドルレングスの黒髪に、大きくて形のよいアーモンドアイが特徴的で、上品な顔立ちはまるで女優かモデルと見紛うほど整っている。

柔和でおっとりしたお嬢様めいた雰囲気の中にも、芯の強さがときおり見え隠れしており、正しいと思えば先輩教師にも意見するような物怖《ものお》じしないところが、生徒たちからの人気の秘訣であろう。

「この色、かわいい。なんという花ですか」

麻美が前にまわってきて、花壇の脇でしゃがんで指をさした。

仁科はハッとする。

麻美のブラウスは、いつもは第一ボタンまでしっかりハメられているのだが、今日は暑いからか、それがはずれていた。

上からのぞきこむような格好になって、胸の谷間がわずかに見えた。

ゆたかな胸のふくらみは服の上からでも、いやらしいまるみを描いていて、男子生徒たちの視線をいつも集めるほど悩ましい。

さらにはだ。

しゃがんだことで、タイトスカートがズリあがって、ムッチリした太ももがかなりきわどいところまであらわになっていた。

透明度の高いパンティストッキングが、ぬめぬめした光沢を放っている。

麻美は二十六歳より若く見えるが、こうした身体つきを見ていると、しっかりと成熟した大人の色香を感じさせる。

「仁科先生？」

麻美が見あげたので、ばっちりと目が合った。

仁科は慌てて視線を逸らしながら答える。

「そ、それは……ジニアですね。百日草というヤツです」

（いかん。見られたか）

身体を盗み見ていたことがバレたら、これからの計画に支障をきたす。

だが心配は杞憂だったようで、麻美は立ちあがって、

「百日草って、こんなキレイな色のもあるのね。私も植えてみようかしら」

と、いつもどおりの笑顔を見せてきたので、仁科は内心ホッとした。

「育てるのが簡単なのでオススメですよ。それより白石先生、一時間目は授業を受け持たれてましたかね」

「ありませんよ。どうしてです？」

水曜の一時間目に、麻美の授業がないことは知っている。仁科はそれを隠して会話を続ける。

「ああ……それはちょうどよかった。僕はこれから三年C組の化学の授業をやるのですが、白石先生、見学してもらえませんか」

麻美が「えっ」と不思議そうな顔をする。

「仁科先生の授業を……ですか？」

「ええ。じつは今日、とても大切な『命の尊さ』を教えようと思うんです。白石先生の国語の授業にも関係してくるはずですから、ぜひ」

麻美はまだ首をかしげている。

「どんなことが関係してくるのでしょうか」

「出ればわかりますよ。これからの先生の授業に役立つことですから」

麻美はまだ納得いかない様子だったが、仁科の押しに屈したのか「わかりました」と承諾した。

「よかった、来ていただけて」

仁科は心の奥でほくそ笑んだ。

来てもらわなければ、計画の面白さが半減するんだよ——。

ヨレヨレの白衣の下で、スラックスの股間がぐぐっと持ちあがる。

同僚教師の中に、仁科とプライベートなつき合いのある人間はいない。無愛想で暗く、そしてネガティブな言動ばかりだからだ。

そんななか、白石麻美だけはこうして心を開いてくれる。

もしかすると、彼女は自分に好意があるのではないか。仁科は本気でそんなことを思っていた。

そして、ふたりで職員室に戻ろうとしたときだ。

「キャッ」

女子生徒の悲鳴が聞こえて、仁科と麻美は顔を見合わせた。

「今、聞こえたのは、校舎の中……」

「ええ」

ふたりはすぐ近くの出入り口に行き、靴を脱いでパンストと靴下のまま廊下を走った。

おそらくここだとあたりをつけて、音楽室のドアに近づくと、

「いやっ。やめてッ」

中から女子生徒の悲鳴が聞こえてくる。

麻美が躊躇なく引き戸を開ける。

中にいた四人の女子生徒たちがハッとしたように、いっせいにこっちを向いた。

「いやっ」

ひとりの生徒がしゃがみこんで泣き出した。

両手で隠したものの、ブラウスの前が割られて、ピンクのブラジャーに包まれた乳房がちらりと見えている。さらに彼女の太ももには、まるまったパンティがからみつ

いている。

仁科は生徒たちの顔を見た。全員が三年C組の女子生徒である。

（やはり、こいつらか……）

仁科は目を細めて生徒を見つめる。

泣き出したのは小宮山真希。

それを冷たい目で見つめるのは、問題児である三人の女子生徒たち……先日、覆面男たちに真希を襲わせたのも、この三人であることは調べがついている。

「あなたたち、彼女になにをしたの！」

正義感あふれる麻美は、大きな目を見開いて三人の女子生徒を睨みつける。

するとひとりが、

「別になにもしていませんよ」

悪びれず、切れ長の目を向けてくるのは、早坂凜《はやさかりん》。すらりとしたモデルのようなスタイルのいい女の子だ。

「そうですよぉ、白石先生」

もうひとりが言いながら、大きな双眸《そうぼう》でこちらを見つめる。

派手めな化粧でギャルっぽい出で立ちだが、本当は童顔。華奢なスタイルも相まって、中学生、へたをすると小学生に見えてしまうロリータの新藤愛花《しんどうあいか》。

そして、もうひとり……こいつが一番の問題児だった。

「あら。わたしくたちは真希さんと仲がいいんです、白石先生。今も彼女のスリーサイズをうかがっていたのよ。彼女にぴったりの服をプレゼントしようと思ってましたの」

臆面もなく、そんなことを言い出したのは神岡紗良《かみおかさら》。

大きな目にツンとすました高い鼻、目鼻立ちがはっきりしているので、ハーフと間違えられることも多いのだが、事実、彼女の祖父がフランス人なのでクォーターということになる。

エキゾチックな美貌も日本人離れしているのだが、スタイルもまた日本人離れして、十七、八歳とは思えぬグラマーなボディを誇示していた。

ふんわりとした栗毛をウエーブさせ、ナチュラルメイクをほどこしているのだが、校則の厳しい聖モルス学園でそんな格好ができるのは、ひとえに神岡財閥のひとり娘だからである。

セレブがそろう学園内でも群を抜いて金持ちの子女であり、多額の寄付金を納めているために、教師も強く出られない。

だが、麻美は違った。

「プレゼントなんて……ふざけないで、神岡さん。あなたたち、小宮山さんをいじめていたでしょう？」

麻美がはっきりとした口調で言い、三人の生徒を睨みつけた。

教師の中でも彼女だけは、紗良の境遇などお構いなしに、ほかの生徒同様に叱りつける。

それが面白くないのか、紗良は「フン」と高飛車な態度でそっぽを向いて言う。

「証拠もないのに、そんなこと言われも困りますわ。ねえ、真希さん、私たちはあなたをいじめていた？」

声をかけられた真希は、ビクッとしてから首を横に振る。明らかに脅されているのだとわかる。

しかし、真希が訴えなければどうしようもできない。

麻美がわなわなと震えて睨みつけるも、紗良は涼しい顔で受け流す。

「誤解がとけたようですね。行きましょう」

紗良はウエーブした髪を手でかきあげ、麻美の横を通り過ぎていく。

そのとき、仁科と紗良の目が合った。

「まだいらっしゃったんですねえ、仁科先生。痴漢教師は即刻クビにしてほしいと、お父様に頼んだのですが」

紗良が近づいてきて、見下すように目を細めた。

一カ月ほど前、チアリーダー部の部室でのぞき騒ぎがあったのだが、その犯人が仁科だとひろめたのは、紗良のグループであった。

仁科は否定したし、証拠はないのだからもちろん不問になったのだが、それから女子生徒たちの仁科を見る目が前にも増して厳しくなったのは間違いなかった。

「神岡さん、仁科先生に向かってなんてことを……先生に謝りなさい！」

麻美が鋭く叫んでも、紗良たちはどこ吹く風で出ていってしまった。

「小宮山さん、大丈夫？」

麻美が真希に駆け寄って肩を抱いた。

仁科はその姿を見つめて、わずかに口角をあげた。

2

その日の一時間目――。

仁科はちらりと教室の時計を見た。

八時五十五分。あと五分だ。

いよいよだ。

しかし、そんな興奮をおくびにも出さず、仁科は化学の授業を続ける。

「――であるからして、試験管に入れたナトリウムは……」

三年C組の生徒たち三十名は五人ずつ、六グループに分けられて実験をするように指示されていた。

しかし、みな実験をやらずに私語ばかりだ。

紗良や凜や愛花のいるグループなど、まるで休み時間のようにこちらに背を向けて三人で談笑している。

まじめにやっているのは、小宮山真希とクラス委員の相沢《あいざわ》遥香《はるか》のいるグループだけだった。

(やはり、美しいな……)

仁科は遥香を見つめる。

ショートヘアの黒髪が似合う丸顔で、大きくクリッとした黒目がちの瞳が特徴的な、学園でも一、二位を争う美少女である。

しかしそのかわいらしいアイドル顔とは裏腹に、正義感や責任感が強く、負けん気が非常に強い。

クラス委員として、三年C組をまとめる力もたいしたものだ。

しかも、彼女が素晴らしいのはルックスだけではない。

ニットの胸もとは悩ましいふくらみを見せ、プリーツミニスカートに包まれたヒップも、あどけないルックスとは裏腹に成熟したまるみを描いている。

(ほっそりした身体つきのくせに空手の有段者ときている。やはり女子生徒の中で一番に気をつけるのはこの子だな)

そして化学実験室の奥の椅子に座るのは、仁科の授業を見学する国語教師の白石麻美だ。

(役者はそろってるな)

仁科が教室の時計を見る。

八時五十八分。

仁科がニヤリと笑って教科書を置いた。

「さて、三年C組の生徒諸君、これで今日の授業は終わりだ」

狡猾《こうかつ》そうな双眸を細め、生徒たちを見据えながら静かに言う。

生徒たちはぽかんとして仁科を見つめる。

「あまった時間、なにすんだよ、せんせー」

「出てっていいってこと？」

生徒たちが口々に言う。仁科はククと静かに笑った。

「いや、出ることは許されない。なぜならキミたちは、たった今から僕の人質になるのだから。言ってる意味がわかるかな」

生徒たちが顔を見合わせる。後ろで座っていた麻美が立ちあがった。

「仁科先生、なにをおっしゃっているのです。授業を……」

「まあまあ、白石先生。こうすれば、わかってもらえるかなあ」

仁科は白衣のポケットから小さなリモコンを出して、それを押す。

とたんに廊下から耳をつんざくような大きな爆音がして、まるで地震のように化学実験室がぐらぐらと大きく揺れた。

ガラスが割れる音、そしてなにかが崩れるような音が地鳴りのように響く。

蛍光灯が大きく揺れ、実験台のアルコールランプがぐらぐらして火が消えた。

生徒たちが呆然としている。

「なに、今？」

「地震？」

するとそのうち窓の外から、

「爆発だ！」

「逃げろ！」

と聞こえてくる声に、教室がざわめき出した。

「ククク……廊下に出てみたまえ、諸君」

仁科の言葉に誘導されるように、男子生徒が数人、おそるおそるドアを開け、廊下に出る。女子生徒たちもあとに続く。

「なんだよ、これ！」

聞こえてきたのは生徒たちの驚愕した声だった。

仁科も廊下に出てみれば、化学実験室を出てすぐのところがガレキの山になっていた。廊下の蛍光灯が落ちて、剝き出しの配線から火花が散っている。

前も後ろも、二カ所ともが完全に塞がれている。

これでこの実験室は外部から遮断され、完全に孤立したというわけだ。

「おおっ、計算どおりだ。素晴らしい」

仁科が両手をひろげて高笑いする。クラス委員の遙香が、クリッとした大きな目で睨みつけてきた。

「これ……先生が爆発させたのですか」

「ご名答。これでわかったかね。実験室は完全に封鎖された。キミたちはもう逃げられない。だから、人質だ……まあ三階から飛び降りる勇気があるなら、逃げられるかもしれないけどな」

そのとき、教室内にあるスピーカーから放送が流れた。

──第二校舎の三階で、大規模な爆発が起きました。生徒は先生の言うことに従って、すみやかに校舎の外に出てください。くり返します──。

「きゃあああ！」

その放送を聞いた生徒たちがパニックになり、ガレキに殺到した。

「誰かっ、助けてぇぇぇぇぇ！」

「おおいっ、誰かぁぁぁぁっ。閉じこめられてるんだっ。おおおおおい！」

だが、そのときだ。

ガーン！

重い音が生徒たちの悲鳴をかき消した。

生徒たちはみな驚いて音のしたほうを見る。

仁科がライフルの銃口を向けていた。

男子生徒も女子生徒も、あまりの現実離れした光景に、ぽかんとして仁科を見つめている。

「黙りなさい。いいかね、キミたち。誰かがひとりでも僕の言うことを守らねば、実験室に設置してある爆弾が爆発するよ。鉛玉をぶちこまれるか、みんなで爆死するか選ぶといい。さあ、実験室に戻りたまえ」

「ふざけんなっ。どうせ偽物だろう。おい、ゴキブリ野郎」

つかつかと歩いてきたのは柔道部の岩井《いわい》だ。

巨漢で、かなり腕っ節が強い。

「ククク……ゴキブリか。人を見下すことが大好きな上流階級の子どもたちらしいよ」

仁科が岩井に銃口を向ける。

ガーンと銃声が鳴り響いて、岩井が崩れ落ちた。

「ぐあああ……」

廊下の床で岩井は太ももを押さえて、もんどり打っている。出血の量はそれほどでもないから、銃弾はかすめた程度らしい。

「きゃあ！」

「いやぁぁ！」

また生徒たちがパニックになった。仁科はやれやれと、生徒たちに銃口を向ける。

「キミたちを射殺するつもりはないんだけどねえ」

そのとき数人の生徒たちが化学実験室の中に走っていき、窓に向かって叫んだ。

「おおい！」

「助けてくれえ！」

窓をドンドンとたたく男子生徒に、仁科は駆け寄って銃を向けた。

「まったく……ぜんぜん人の話を聞いてない。困ったものだねえ。おい、小林くん」

「えっ……は、はい……」

教室に戻ってきた小林が、慌てて返事をする。

「キミは僕の助手だ。まずはC組の生徒たちを全員座らせるんだ。それからケータイをぜんぶ没収。電源を切り、この袋の中に入れて私に渡す。いいか、キミたち。あとで全身を検査するから、そのときにケータイを隠し持っていたら、すぐさま処刑だ」

悲鳴があがった。

小林は仁科に手渡された大きな布袋に、各人から出してもらった携帯電話を入れていく。生徒たちは教室に入ってきて、顔を青ざめさせながら席に座っていく。

（うん？）

窓から下を見れば、中庭にいる数人の教師たちが、仁科にさかんになにかを叫んでいた。

（……フン、頭の硬いだけのバカどもが）

仁科は無視して向き直り、生徒たちを見た。

みなガクガクと震えつつも、きちんと椅子に座っている。

そのとき、廊下から岩井に肩を貸した田村《たむら》と麻美が入ってきた。田村はバスケットボール部員で、身体が強く、正義感にあふれている。要チェックだ。

岩井の足にハンカチが巻かれていた。麻美が止血したのだろう。

「仁科先生……いったい、なにが目的なんですか！」

麻美が叫んだ。

緩やかにウエーブしたミドルレングスの黒髪に、大きくて形のよい双眸。

おっとりしたお嬢様めいた雰囲気だが、やはり気の強さは天下一品だ。ライフル銃を持った仁科に、物怖じせずに詰め寄っている。

「目的か……そうですね。それを話さないとね。白石先生も、どうぞ席にお戻りください」

3

「些細な目的ですよ。私はおそらくこの学園を辞めさせられます。神岡紗良くんのお父さんの力でね。目的のひとつは、その復讐です」

生徒たちが紗良を見る。

彼女は相変わらずツンと高い鼻をそらして、不遜な態度だ。

紗良は仁科を見下しながら言う。

「仕方ないですわよ、仁科先生。授業は面白くないし、教えるのが下手だし……なによりのぞきをするような最低な先生……」

仁科がククッと笑った。

「授業が面白くないというのは認めるが……キミたち……早坂凜、新藤愛花の両名と賭けをしたでしょう。私に痴漢の濡れ衣を着せて、学園を辞めるかどうか」

紗良の顔がわずかに強張った。

「そんなこと……知らないわ」

「そうかな」

仁科は銃口を紗良に向ける。

紗良は恐怖に目を見開き、引き攣ったまま固まってしまった。

近くに座っていた凜と愛花が「きゃあああ」と叫んで身を縮ませる。

仁科は銃を向けたまま、座っている紗良の前までやってきた。

「仁科先生っ、やめて！」

麻美が叫んだ。

「白石先生、おとなしくしていてください。生徒の顔が吹き飛ぶのは見たくないでしょう？」

「ひっ……」

その言葉に、みなまた悲鳴をあげる。

さすがのお嬢様も、顔を吹き飛ばされると聞いてブルブルと震え出した。

「弾はまだたくさんあるよ。時間をかけてつくったからねえ。本物の銃と遜色ない威力なのは、先ほど岩井くんを撃ったからわかっているだろう？」

紗良はこくこくと頷《うなず》いた。

大人びていて生意気でも、所詮は二十歳にも満たない女子高校生だ。銃をつきつけられて平然としていられるわけがない。

「学校を辞めるのは別にかまわないのですよ。だけどね、キミたちみたいな性格の悪いクソガキにコケにされっぱなしは癪《しゃく》に障るというだけさ。口を開きたまえ」

仁科は銃口を紗良の額にコツンと当てて冷笑した。

「動くんじゃない。動いたら撃つ。さあ、口を開けたまえ」

紗良が小さく口を開ける。間髪をいれずに、仁科は紗良の口にまるで男根のごとく、細い銃口を無理やりにねじこんだ。

「ンンッ……ンンッ」

切れ長の目に涙がにじむ。抵抗したくとも、怖くて逆らえないという、いつもは高飛車なお嬢様の泣き顔を見て、仁科は満足げに微笑んだ。

「私が痴漢だという噂を流したね」

仁科の言葉に、紗良は小さく頷く。

「フフ。けっこう。では、噂を流した罰を受けてもらおうか。神岡、いや、紗良くん、舌を使って銃身を舐めたまえ」

「ンン？」

紗良は咥えたまま、怪訝《けげん》な顔をする。

「なぜそんな顔をする。もう、経験はあるんだろう。キミの大好きなチ×ポだと思って、いつものようにおしゃぶりするんだよ」

教室がざわついた。男子生徒たちは心の中で色めきたち、女子生徒たちは震えあがった。

仁科が女子生徒を単なる人質ではなく、性的な対象と見なしているのがわかったからだ。

「仁科先生っ、いい加減にして！」

麻美がパンプスの足を踏み出す。

仁科は薄笑いを浮かべて麻美を見つめた。

「それ以上来たら、ホントに撃ちますよ。小林くん、もういいだろう。面倒だから、正体を見せてやれ」

「……はい」

小林はニヤリと笑い、教壇の下に隠してあったもう一丁のライフル銃を取り出して麻美に向けた。

「なっ、小林くん……どうしてッ」

麻美が絶叫した。生徒たちが凍りついたようにふたりを見つめる。

小林はフフフと、仁科と同じように冷笑する。

「つまらないからですよ。この学園も、三年C組もね。どうせこの先、卒業してもくだらない日常が待っているだけだ。だったらこのへんで思いきり楽しいことをしてみたくって……動かないでください。僕は未成年だから、人を殺してもたいした罪にならないですから」

もともと小林は、仁科の教師とは思えぬ退廃的なものの考え方に共感して、いつしか崇拝するまでになっていた。今回、立てこもりの計画を教えたときも、彼は嬉々として、準備まで手伝ってくれたのだった。

「あなた……仁科先生も……狂ってるわ」

麻美が小林を睨みつける。

そのやりとりを見て、仁科も高笑いした。

「さあ、紗良くん、銃口をペニスだと思って、情熱的にしゃぶるんですよ」

「あああ……いやっ、そんな」

銃口を吐き出した紗良が首を振る。

「やるんだよ」

仁科は紗良の頰に銃口を当てる。

「……あ、ああ……」

紗良の整った細い眉がへの字にたわんだ。

しばらく逡巡《しゅんじゅん》していたものの、ちらりとまわりを見つつ、紗良はまっ赤な舌を出して黒光りする銃口を舐めはじめる。

「遠慮しないで気分を出したまえ。そうだなあ……よし、おっぱいを揉んで、パンティの中に指を入れて、おま×こをかき混ぜるんだ。いつもやっているようにオナニーしながら舐めれば、もっと雰囲気が出るだろう?」

紗良が顔を強張らせると同時に、男子生徒たちの数人が生唾を飲みこんだ。

もっと近くで見たいと、席を立つ者もいる。

無理もなかった。

セレブお嬢様は、性格は最悪だが、ハーフと見紛うほどエキゾチックな美貌を持ち、しかもグラマーなので、男子生徒が密かに憧れる対象だったのである。

そんななか、震えていた凜と愛花は仁科を睨んだ。

「やめてっ。神岡さんにひどいことしないで!」

「このヘンタイッ。最低……」

勇気を振り絞って抗議したのだが、小林に銃口を向けられて、すぐにふたりは押し黙ってしまった。

「やはり、疑似ペニスでは雰囲気が出ないようですねえ。床にしゃがみなさい」

「えっ……」

「いいから」

仁科に言われて、紗良はおずおずと椅子から降りて、床に横座りした。

ミニのプリーツスカートがまくれ、まっ白い太ももがきわどいところまで見えているのを仁科はじっくりと見つめる。

「まったく……性格は子どもっぽいが、身体の成熟度は素晴らしいな。女子高生とは思えないくらい、いい足をしてる」

紗良はハッとして乱れたスカートの裾《すそ》を直したあと、軽蔑するような上目遣いを見せる。

「ふふん。その高慢ちきな顔が、今日はかわいく見えるよ」

仁科は紗良の前で仁王立ちすると、自分のスラックスのファスナーを下ろし、指を入れて赤黒い怒張を取り出した。

「いやあああああ！」

見ていた女子生徒たちが悲鳴をあげる。

紗良は目の前の怒張から慌てて目を逸らし、金切り声をあげた。

「し、しまいなさいよっ。なにを考えてるの！」

「なにって、これをしゃぶるんですよ。フェラチオをなさい。今まですみません、という気持ちをこめて、僕を気持ちよくさせるんですよ」

「仁科先生っ、あなたって人は……」

麻美が鬼の形相で近づこうとする。

だが、ライフル銃を持った小林が立ち塞がった。

「仁科先生の授業ですよ。席に戻ってください」

「ふざけないで」

麻美が手を振り下ろす。

だが、小林はその手をつかんで麻美を押し返した。

「キャッ」

床に倒れた麻美の顔の前に銃口が向けられる。

麻美はしかし、怯《ひる》まない。

「う、撃てばいいでしょうっ。神岡さんを解放して」

仁科は麻美を見た。

まっすぐに見つめてくる目はなんの衒《てら》いもなく、ただ生徒を助けたいと本気で訴えている。その女教師の気高いまでの美しさに、仁科は紗良の目の前に突き出した巨根をビクビクと脈動させた。

「白石先生、どうしても邪魔をするということなら、生徒を処刑しますよ」

まるで「給食の残りを平らげろ」とばかりに、平然と言いのける仁科に全員が震えあがった。

小林もうれしいのかニヤリと笑い、生徒たちに順番に銃口を向けていく。

「きゃあああ」

「いやああ」

「うわあああ」

生徒たちが半狂乱で椅子から降りて、みな後ずさりする。

小林の銃口が真希に向く。

「ひっ」

おさげ髪のよく似合う、眼鏡の美少女が崩れ落ちそうになるのを遙香が支えた。

震える親友の身体をギュッと抱きしめながら、遙香はクリッとした大きな目で小林を睨みつける。そのときだ。

「やめてっ。もう、やめて！」

麻美が叫んだ。そして唇を嚙みしめ、顔をそむける。握りしめた両の拳が震えている。

仁科は勝ち誇ったように、アハハと高笑いする。

「さあ、紗良くん、続きだ。おしゃぶりしなさい。やらなければ、処刑だ」

言いながら、仁科はククと笑って続ける。

「あとで説明するが、これから三年C組内に身分制度をつくろうと思う。私に従順な女子は位を高くしよう。もし最後まで位が低かったら……言わなくてもわかるだろう。さあ、紗良くん、早くしゃぶるんだよ」

紗良は銃の先で頭を小突かれて、口惜しそうに唇を嚙みしめる。それから、つらそうに眉間にシワを寄せながらも、おずおずと右手を仁科の分身に添えた。

「おお……」

見ていた男子生徒のひとりが、不謹慎にも歓喜の声をあげてしまう。

その声が聞こえたのだろう、紗良はカアッと頬を赤らめて手を離した。

だが、紗良は大きなため息をついてから、もう一度、おずおずとペニスを握りしめた。

やわらかく、しなやかな指が肉竿を包みこむ。

仁科は気持ちよさに、ぶるりと震えた。

「フフフ。けっこう大きいでしょう？　ほら、どうしました。やり方はわかるはずですよ。早くシゴくんですよ」

仁科は白衣を脱いで、腰を押し出した。

紗良は右手で、ゆっくりとスライドをはじめる。

決して慣れてはいないが、やはり男を知っている手コキの動かし方だった。あまりキツくなく、指先でなめらかにシゴいてくる。

「クク……いいぞ、紗良くん」

仁科はまわりを見て、ニヤリと笑った。

もう仁科はどうなってもいいという捨て鉢の気分だったから、見られることになんの抵抗もなかった。いや、むしろ見せてやりたかった。

仁科は銃口を頭に向けながら紗良を見る。

いつもの凛とした表情は影を潜め、今はつらそうに眉間にシワを寄せ、泣きそうな顔を伏せている。

ウエーブした栗色のセミロングは艶々《つやつや》して、甘い匂いをさせている。長い睫毛《まつげ》が何度も瞬いて、目もとをよりいっそう色っぽく見せている。

仁科は品定めするように、紗良の全身を見つめた。

ニットを突きあげる豊かなバスト。ほっそりした腰。内履き靴の踵をそろえて、その上に乗っかる豊かなヒップに、ムチムチの太もも。

女子高生とは思えぬ見事なプロポーションに、大人になりかけの危うさが加わり、妖しげな色っぽさがムンムンと匂い立つようだ。

しかもだ。

手コキをさせているのが、日本で有数の財閥、神岡グループのひとり娘であり、絶対に手の届かないお嬢様であるのだから興奮もひとしおである。

「フフフ。そろそろ口でぱっくりしてもらおうか」

仁科の言葉に紗良は顔をあげ、麗しいアーモンドアイを引き攣らせて睨みつける。

「い、いやよっ、こんな気持ちの悪いものを口に含むなんて」

「ほう。けっこうだ。ならばここで終わりだ。おそらくキミの死は大きなニュースになるだろうな」

仁科は暗い目をして、引き金にかけた指を動かした。

実験室内に緊張が走る。

紗良は「うう」とくぐもった声を漏らしてから、ちらりとまわりを見た。

クラスメイトたちの目の前で、この私が、こんな不潔きわまりない男の性器を口に含むなんて……。

紗良の目がそんなふうに物語っている。

「お、覚えてらっしゃい……」

と、紗良は口惜しそうにつぶやくと、ギュッと目をつむり、身体を前に預けるようにして口もとを寄せていく。

「おお……」

亀頭部が温かい粘りに包まれた。

あまりの快感に、仁科は顔をのけぞらせて足を震わせる。

男子生徒たちの鼻息が荒くなった。

お嬢様の美貌が歪み、そのかわいらしい口に、グロテスクで卑猥なものが咥えられているのだ。生徒の中には、制服の股間を押さえつける者までいる。

紗良の右手は屹立の根元を握り、唾液で濡れた唇がゆっくりと亀頭冠をすべっていく。

「くっ……」

先っぽがとろけるような快感に、仁科は震えてうっとりと目を細める。

(とうとうやったぞ……この生意気なお嬢様に咥えさせてやった!)

紗良は目をつむったまま、眉間に生々しい縦ジワを刻んで、ゆっくりと顔を打ち振る。

だがさすがに、無理やりにやらされているフェラチオはおざなりだった。

「さっきから同じところばかりですねえ。同じリズムだし……よし、こうしましょう。私をイカせることができたら、あなたの処刑は撤回してあげます」

「むう?」

紗良が咥えながら、訝《いぶか》しそうな目で見つめてくる。

「約束しますよ。ほら、がんばって情熱的にしゃぶるんですよ」

仁科の言葉に、紗良は一瞬不服そうな顔を見せたが、思い直したのか顔を打ち振りながらも、ねちっこく舌をからませてきた。

「おおう……できるじゃないか。いいぞ」

しゃぶりながら舌を使っていたお嬢様は、ちゅるりと肉棒を口から吐き出すと、胴まわりをつかんで勃起を上向かせ、亀頭のくびれから根元までの裏スジに、舌をツーッと這わせてきた。

「おうっ……」

男の敏感な部分を知っている。処女ではないとは思っていたが、まさかここまでテクニックがあるとは思いもよらなかった。

根元までを舐めあげた紗良は、今度は切っ先に向けて舌を這わせていく。そして先端までいくと、また亀頭部をぱっくり咥えこんだ。

そうしながら深くため息をつき、紗良は根元近くまで呑みこみ、キュッとすぼめたかわいい唇で締めつけてくる。

「くおお……いいぞ。そのままこっちを向け」

「むう？」

紗良はくぐもった声をあげつつも、咥えたまま上目遣いに仁科を睨みつける。勝ち誇った仁科の顔を見て、紗良は目尻に涙を浮かべる。

それでもやめるわけにはいかないと、根元を握って、キュッ、キュッと咥えたまま再び唇をすべらせる。

（たまんねえな……）

深く咥えこむと、乱れた前髪がさらさらと下腹部をくすぐる。

整った顔立ちがつらそうに歪んでいて、それがまたじつに色っぽい。

先ほどまでの反抗的な目はいつしか潤んでいて、許しを請うように哀切さを色濃くにじませている。

「んく……」

紗良が勃起を口からはずした。

仁科が興奮したから、口の中で怒張がビクビクと脈動したのだろう。

「ハア……ハア……ああん……」

紗良が勃起を握りながら、しっとりと濡れた双眸を見せる。濡れた唇は半開きで、色っぽい吐息を発している。

少しずつだが、紗良が変化してきたのがわかった。

「んんぅ……んんぅ……ピチャ……ヌチャ……」

再び肉茎に唇をかぶせた紗良は、女子高生とは思えぬ悩ましい鼻声を漏らして、頬をくぼませて顔を前後させている。

いつもの上品な美貌はぽうっと赤らみ、伏せた睫毛がなんとも儚げに、ピクピクとそよいでいる。

見れば、紗良のヒップがミニスカート越しにも、じりっ、じりっと横揺れしているのがわかった。内履きの踵の上に尻を乗せているのだが、それがもどかしそうに動いているのだ。

名門私立校の制服に包まれた女子高生の身体から、妖しい雰囲気がムンムンと漂っている。

「ハア……ハア……はうん……んんっ……ううん……」

紗良がいよいよ甘くくぐもった声を漏らしはじめる。

仁科は唸った。

ちろちろと鈴口を舌でくすぐられて、とろけるような愉悦がふくらんでいく。

(小水の出る穴まで舐めて……お嬢様が気分を出してきたか……ククッ)

人前であろうとも、男性器を舐めていることで女の本能が昂《たかぶ》ってきたらしい。

仁科はまわりを見た。

小林がニタニタしながらも、生徒たちに銃を構えている。

(これなら大丈夫そうだな……)

仁科はライフルの引き金から指を離し、手を伸ばして、しゃがんでいる紗良のニット越しのバストをギュッとつかむ。

「ンンッ……」

紗良がびくっと震え、そうしてまた睨んでくる。

「気にしないで続けなさい。いいから」

咎めるような顔を見せていた紗良だが、やがて諦めたように目を伏せて、また一心不乱におしゃぶりを続ける。

「大きいね。それにこの弾力……女子高生のおっぱいはいいな。たまらんよ」

仁科はニヤニヤしながら、指を食いこませるように、乳房をモミモミと揉みしだいた。そしてさらに前傾し、右手をミニスカートの奥に忍ばせた。

「ンンンッ……い、いやっ……」

さすがに紗良は勃起を口から離し、イヤイヤした。

麻美が近づいてきた。

「も、もうやめてっ。仁科先生！」

正義感の強い女教師には、ガマンならない光景だったのだろう。麻美が悲痛な叫びをあげた。

「白石先生、言ったはずです。おとなしくそこで見ていてください。なあに、紗良くんの処女まで奪おうとは言いませんよ」

今はまだね……と心の中でほくそ笑みながら紗良のほうを向く。小林が麻美の正面に移動して銃を向けた。

「先生、そのままですよ。ほかの生徒の命もかかってますからね」

小林が冷たく言い放つと、麻美は絶句した。

仁科はククと笑い、紗良を見下ろす。

「紗良くん、続けたまえ。クククッ……もう少しで出そうなんだよ。キミがもっと協力的になったら早くイケそうだ。命は大切にな」

紗良はまっ赤になった美貌をうつむかせていたが、すぐにぐっしょり濡れた仁科の怒張を握って、もう一度咥えこんだ。

「ん、んふっ……ンンッ……ンンンッ……」

鼻息を荒くして大きく頬張り、顔を打ち振るピッチを速くする。

仁科はニヤリと笑い、さらにかがんで紗良のスカートの奥に指を入れた。

「んんん……ンンッ……くちゅ、ちぷゅ……うぅんっ……ちゅぱぁ」

紗良はつらそうに眉をひそめ、身をよじらせても、今度はフェラチオをやめなかった。

スカートがまくれる。

パンティは薄ピンクでシルク素材だった。男子生徒たちが「おおう!」と声をあげる。

仁科もだ。

まさかナマのパンティだと思わなくて「えっ」となった。

（そうか……パンチラ防止のレギンスを穿くのは、はしたないと思ってるんだな。そのへんはお嬢様だなあ……）

仁科はクロッチに指を這わせて、また驚いた。

すべすべした素材のパンティは、その一部がやけに湿っていた。

布地がやわらかくなっていて、パンティの上からも、紗良の恥ずかしい亀裂をとらえている。

軽く押すと、くにゅっとわずかに指が沈んだ。

「んんう……」

紗良が泣きそうな顔で見つめてくる。

「なんだ。濡らしてるのか」

耳もとで囁くように言うと、紗良は首を横に振った。

「ククク……まあ、いい。ほら、もう少しですよ」

言われて紗良は、あの高飛車だった顔を歪め、大きくストロークをはじめる。

「ンううん……んふん……ぴちゃ……ぴちゃっ……ぬちゃあ……ぬちゃあ……」

しゃぶり顔に色っぽさがムンムンとにじんでおり、目もとを薄紅色に染めて、額に玉粒の汗をにじませている。

ふんわりウエーブした栗色の髪は乱れて、上気した頬に張りついているのがなんとも煽情的だ。

仁科はこみあげる射精欲をこらえながら、紗良のパンティを横にズラして、直にワレ目に指を這わす。やはりだ。やはり湿っている。

「んんんんっ」

紗良が腰を揺らした。

もう昂ってしまってどうしょうもないという感じで、おしゃぶりに熱がこもりはじめている。

まわりの女子生徒たちから啜り泣きが聞こえる。

男子たちは紗良の淫靡なフェラシーンを食い入るように見つめている。

しかしそんな恥辱すら、もう紗良には届かないようだ。

くちゅ、くちゅとワレ目をいじくる指が水音を放ち、お嬢様は、

「んふっ……ンンッ……んふん……クチュ、ちゅぷっ、ちゅぱあ……」

と、リズミカルに唇を動かしている。

仁科はもっと楽しみたいと思っていた。しかし、だめだった。紗良がこれほどフェラチオに没頭するとは思わなかったのだ。

射精する前の熱い疼きが駆けあがってきて足が震える。

「おお……イキますよ……出すぞ。いいか。飲むんだ。飲みなさい。飲まなければ、処刑だ。わかったかね」

仁科はライフルを持ったまま、両手で紗良の後頭部を押さえつける。そのまま腰を使い、紗良の奥の喉を突くと「んんん！」と紗良が呻いて唇をすぼめた。

ドンドンと紗良が太ももをたたくのも構わず、仁科は腰を震わせる。

次の瞬間……目もくらむような快感に、仁科は「おおお」と咆哮し、足をガクガクと震わせる。

熱いものが切っ先から小水のように放たれ、お嬢様の口の中に注がれる。

「んんんんん！」

紗良はくぐもった声を漏らし、仁科の太ももを何度も手でたたく。だが、しばらくすると太ももをギュッとつかんで「んっ、んっ……」と喉を鳴らした。

見ればほっそりした喉が、こくん、こくんと動いている。

(飲んだっ。フハハ。俺の精液を、お嬢様が飲みやがったぞ)

ふたりのただならぬ様子を見て、女子生徒は「いやぁぁぁ」と悲鳴をあげ、男子生徒は「おお」と歓喜の声をあげた。

「ハア、ハア……」

凄まじい射精に、仁科も倒れそうになった。気怠い身体を必死に動かし、出しきったペニスを紗良の口からはずした。

紗良は口を押さえて、教壇の横に行って四つん這いになった。

パンティが見えるのもかまわず「ウフッ、グフッ」と噎せている。飲みきれなかった仁科のザーメンが、ぼたっ、ぼたっと床に落ちるのが見えた。

4

啜り泣きをはじめた紗良を、凜と愛花は椅子に座らせて介抱している。

仁科は満足げに息をつき、ズボンの中に屹立をしまってから、再び生徒たちに銃を向ける。

何人かの女子生徒が嗚咽しはじめる。

今までは命の危険だけだと思っていたのだが、仁科に性的な辱めを受けるかもしれないとわかって震え出したのだ。

「なんでそんなに後ろに固まっているのかね。五秒以内にみんな、もとの位置に戻りたまえ。一……二……」

仁科が数え出すやいなや、生徒たちは血相を変えてもとの位置に戻る。小林は銃を持ったまま、窓ぎわに移動して外をのぞいている。見事なまでに優秀な助手だと、仁科は感心した。

「授業中もこうして言うことをきちんといい子に聞いていれば、キミたちのクラスがターゲットにならなかったかもねえ」

五秒とかからず、全員が席に戻ると、仁科は満足そうにニヤリと笑う。

「ククク。さて、これで復讐は終わり……ではないのだな。紗良くんだけではない。キミらいいとこのお嬢ちゃん、おぼっちゃんの蔑みの態度が、私はもともと気に入らなかったのだよ。キミたちには生物実験の対象者となってもらう」

生徒たちがざわめいた。

「せ、せいぶつ……？」

「実験って……なに？」

みんなが戸惑うなか、仁科は残忍な笑みを漏らす。

「私はもともと生物学が専攻でねえ。人間というのは極限状態のときにどういうふうに生き残っていくのか、知りたかったんだよ」

女子生徒の悲鳴があがる。

そんな悲鳴のなか、窓ぎわにいた小林が仁科を呼んだ。

「どうした」

仁科が小林のところまで歩いていく。そのとき、何人かの生徒がいっせいに椅子から立ちあがり、ふたりに襲いかかった。

ガーン！

「きゃあああ！」

銃声が響いたあとに、また悲鳴が続いた。

襲ってきた男子生徒が、肩を押さえてうずくまっている。田村だった。

生徒たちが呆然とする。

銃を撃ったのが、同じクラスメイトの小林だったからだ。

「ちっ、はずれたか」

冷静に言いながら、小林がまた弾をこめる。どうやらそうとう訓練したらしく、手つきは鮮やかだ。

「小林……」

「てめえ……」

男子生徒たちが睨むのもどこ吹く風で、小林は少し芝居がかったように髪をかきあげる。

「次は殺すよ。おとなしくしていなよ」

その言葉に、すごんだ男子生徒たちも顔を引き攣らせて席に戻る。

遙香と麻美が、撃たれた田村のところに駆けつけて、肩のところをハンカチで縛って止血する。

マッドサイエンティストの仁科はまだしも、これで小林も本気だということがわかり、生徒たちの中に絶望の空気が流れる。

「フフフ。小林くん、キミはじつに優秀な生徒だよ。で、なにかね」

小林が窓の外を指さす。

仁科ものぞく。

生徒たちと教師が中庭に立ち、みんなこちらを向いている。校長が拡声器を持った。

「仁科先生っ、早く逃げてくださいっ。いったいどうしたんです」

窓の外から声が聞こえる。

「うざいなあ……」

仁科はポツリとつぶやきながらスマホを取り出し、ボタンを押す。

「もしもし。ああ、校長先生ですか。拡声器はやめてください、うるさいから。爆破したのは私ですよ。三年C組を孤立させるためにね。えっ、目的ですか。この子たちに楽しい思い出を与えてやろうとしているだけですよ。授業では教えきれない悦びをねえ。ですので、邪魔はしないでもらいたい。そうそう。学校の中には、たくさんの爆弾が埋めこまれていますから、ほいほい入らないでください。この教室にもありますよ。校内で誰かの姿が見えたら、三年C組の生徒が吹っ飛びます」

電話を切る。

窓の外を見ていると、教師たちの指示で生徒たちが帰らされているようだ。生徒たちはなにが起こったのかわからず、みんな不審顔だ。

(ククク。校長はどうするかねえ)

いつも穏便ですまそうとする気弱な校長でも、さすがにこれだけの騒ぎになれば警察を呼ばざるをえないだろう。

「さて、キミたち……」

仁科は振り向きざま、ぐるりと実験室内を見渡した。

「先ほど言った生物実験をはじめよう。小さなコミュニティに身分というものを導入する。えーと……」

仁科はスマホを取り出し、画面を操作する。

「秋葉努《あきばつとむ》くん」

「は、はい」

近くにいた、眼鏡をかけた男子生徒が姿勢を正した。

「キミは『看守』だ。『奴隷』役の生徒たちより身分を高くしてやる。キミたちは私たち王の命令を忠実に聞き、奴隷を使うことができる。わかったかな」

「えっ……は、はい……」

秋葉はきょとんとしたまま曖昧な返事をする。

「えーと……続いて、紗良くん。神岡紗良。キミは奴隷だ。これからキミは人間としての名誉、権利、自由を認められず、他人の所有物として取り扱われる」

「なんですって！」

紗良は汚れた口もとを拭《ぬぐ》いながら、仁科を睨みつけた。

「この私を奴隷なんて……さっきのはいったい……」

「先ほどのフェラチオで私の心証がよくなったのは間違いない。だが、キミはもともとクラスの中で最低点だったのだよ。キミはこれから奴隷だ」

「覚えてなさいッ。あなたなんかパパに言いつけて……」

「ククク……パパときたか。いいだろう。キミが生きて帰られたら、ぞんぶんに言えばいい。だが、今のキミは最下層だ。私や小林くんはおろか、看守にも刃向かったら、先ほどのような罰を与える。わかったかね」

紗良が口惜しげに唇を噛んで、身体を震わせながら椅子に戻った。

「次、白石麻美先生」

手当てしていた麻美が立ちあがった。

「いったい……先生は生徒たちをどうするつもりなんですか。奴隷だ、看守だって……もう、バカなことはやめてください」

「バカなことですか。壮大な実験なんですがねえ。ちなみに白石先生も奴隷ですよ」

「なっ……」

麻美は絶句した。自分も組みこまれているとは思わなかったのだろう。

「次っ、井川《いがわ》くん……」

こうして仁科は自分たちをのぞく二十八名の生徒と、教師である白石麻美に身分をつけていった。

男子生徒十四名のほとんどが看守で、女子生徒十四名がほとんど奴隷である。

だが、例外があった。

仁科に刃向かった柔道部の岩井、そして田村は奴隷である。

そして女子生徒の中で唯一——。

「小宮山真希くん」

仁科の呼ぶ声で、メガネっ娘の真希はビクッとし、涙で濡れた顔をあげる。

「キミは看守だ」

「え?」

真希は隣に座る遙香と顔を見合わせる。

クラスのほとんどが、真希が紗良たちにいじめられているのは知っている。だから真希が看守だと言ったとたんに、生徒たちがざわついた。

「これでクラス全員の役割が決まりましたね。さて、では奴隷となった女子たち、立ちあがって制服を脱いでもらおう。奴隷が服を着ているのもおかしいからな」

「ひぃい……」

「いやああ!」

仁科の無慈悲な命令に、三年C組はパニックになった。

怯えたり、泣き出したりする女子たちを尻目に、何人かの女子は廊下に向かって走り出した。

「おいっ、看守役の男子っ、つかまえてくるんだ」

言われた男たちは、顔を見合わせながらもおずおずと立ちあがって、廊下に向かっていく。

あきらかに今までと違う、協力的な態度だった。

(フフフ。いいぞ)

仁科はほくそ笑んだ。

看守と奴隷という役割を与えたのは理由がある。

アメリカの大学で行われた心理実験は、環境や状況が人間の行動を左右するのを立証している。

つまりだ。看守役という「役割」を与えると、自然と看守らしくふるまい、奴隷は奴隷らしくふるまってしまうというわけである。

奴隷の憎しみは看守に向き、また看守は奴隷をいたぶるという快楽を与えられる。

生徒たちの憎しみや反抗や不満が、仁科に向かわぬようしむけたのだ。

それに加えて、例外はいるものの看守が男子生徒、奴隷が女子生徒なのだから、おのずとそこには性的な支配というものが生み出される。

「いやあっ、やめて、吉城《よしき》くん」

「ねえ、どうしちゃったの、高岡《たかおか》くん……ねえ」

逃げた女子生徒たちが、男子たちにつかまって戻ってきた。男子生徒たちはみんな鼻息を荒くして、目を血走らせている。

「ごくろう。それでは奴隷たちは、その実験台の上に乗るんだ」

女子生徒たちが戸惑っていると、看守役の男子生徒たちが、仁科が命令せずとも自主的に女子たちを台にあがらせるように手伝った。

「いやっ、どうしてっ……」

「やめて、みんな……」

女子生徒たちが抵抗し、男子生徒たちは無理やりにあがらせようとする。

(ククク。おもしろくなってきたな)

仁科は今回のターゲットの女たちを見つめた。

エキゾチックな美貌を持つ神岡紗良。モデルのようにすらりとしたスタイルの早坂凜。ロリ顔がかわいい新藤愛花。奴隷をまぬがれた眼鏡の文学少女、小宮山真希。

そして――。

柔和でおっとりしたお嬢様めいた雰囲気を持つ、美しい女教師、白石麻美。

正義感の強いクラス委員の美少女、相沢遙香。

じつは仁科はまだ口にしてはいなかったが、この見た目のバッグンな美しい女たちに種づけして孕ませることも大きな目的だったのだ。

「ククク……」

仁科がほくそ笑んでいると、遠くからパトカーのサイレンが聞こえた。

窓の外が慌ただしくなっている。

いよいよ壮大なショーの幕が開こうとしていた。

第二章　美人教師の全裸拘束

1

窓の外が慌ただしくなってきて、生徒たちはみな移動して外を見た。
麻美も見る。
パトカーが数台集まっていて、テレビか新聞の記者たちも見える。
本当に籠城事件の人質になってしまったのだと、麻美は実感した。
「ほら、キミたち、戻りたまえ。奴隷は台の上に乗って制服を脱ぐんだ」
仁科は銃を持ち、生徒たちを引き戻す。
何人かの女子生徒が台に昇った。看守役の男子生徒が、強制的にやらせているのだ。

仁科に洗脳されてしまっている。

（しっかりしなければ……私がこの子たちを守る）

麻美は両手をギュッと握りしめた。

多感な時期の女子高校生たちが性的にもてあそばれるのを黙って見ていることなど麻美にできるわけがなかった。

麻美が二十四歳のとき、教師になってはじめて赴任したのがこの学校だった。

今のこの子たちが一年生のときである。

歳も近いし、同じ「一年生」ということで、ほかの学年の子よりも親近感を持っている。だから、いっそう助けたいという気持ちが強いのだ。

「やめてッ。お願い……」

麻美は銃を構える仁科に向かって強く抗議した。

そして……言わねばならぬと強い決意をして、麻美は口を開いた。

「わ、私が……私が代わりをしますから……仁科先生、お願いです」

麻美は血を吐くような思いで、そのおぞましい言葉を卑劣な教師……いや、今は教師の資格すらないだろう、残忍な男に投げつけた。

「ほう。素晴らしい……さすが正義感のお強い白石先生だ。生徒たちの人望も厚く、人気があるだけはある。教え子のために自分が犠牲になるとは、いやはや、これぞ教育者の鏡ですなあ」

仁科がおどけるように言う。

女子生徒たちがいっせいに麻美を見た。

「先生っ」

「白石先生……」

生徒たちが不安そうに麻美を見ている。

「……白石……先生っ」

クラス委員の遙香が今にも泣きそうに見つめている。

遙香と町で偶然会ったとき、麻美は婚約者といっしょだった。だから、彼女だけは知っているのだ。自分が結婚間近であることを。

(ああ、一馬《かずま》さん……私を守って)

麻美は愛する婚約者の名前を胸奥で囁く。

この身体はすでに愛する一馬のものである。そんな身体を、こんな卑劣な男に披露させたくはない。

だが……。

今、女子生徒たちを助けられるのは自分しかいない。

ふんわりとしたミドルレングスの黒髪に、大きな目が特徴的な彼女は、柔和な顔立ちの中でも、意志の強さをきりりと見せている。

白いブラウスと、グレーの膝丈のタイトスカートという格好が、厳格な女教師を思わせる。

だが一方で、ふくらんだバストや、くびれた腰つき、タイトスカートを張りつかせるほどのムッチリしたヒップは、女教師というよりも、モデルかグラビアアイドルのようにセクシャルだ。

仁科がねっとりした目で麻美を見つめている。

「ククク。代わりをするとおっしゃったが、白石先生はもともと奴隷なんですよ。まあ、いいでしょう。それじゃあ、この台にあがってください。ほかの奴隷たちは台から降りたまえ」

仁科の無情な宣告に、麻美は足を震わせる。

「白石先生……」

女子生徒たちがつらそうに見つめている。

「大丈夫よ。私は別に裸になったって、恥ずかしくなんかないから」

ちらりと紗良と愛花と凜の顔を見た。
心配そうにこちらを見ている。やはりこの子たちも根っから悪い子ではないのだ。
（こんないい子たちに、この悪魔は……）
仁科が紗良の口を犯したことが、まだ頭から離れないでいる。
（あんな恐ろしいことを……もう、この子たちにはさせられない）
裸になるくらい平気よ。
麻美は自分に言い聞かせた。
ローヒールのパンプスを脱ぎ、腰の位置まである大きな台に乗った。
「ああ……」
まるでステージに立たされたようで震えてくる。
見下ろせば、女子生徒たちは心配そうな顔をしている。
しかし一方で、男子生徒たちは下からのぞきこんで、らんらんと目を輝かせている。
極限状態であろうとも、女性の裸を見たいという欲求が勝っているのだろう。
（ああン……いやっ……）
麻美は震える手で、タイトスカートの裾を押さえつけた。
キュッと細くしまった足首、すらりとしたふくらはぎ、そしてスカートからのぞく太ももは、艶々と光沢のあるパンティストッキングに包まれていて、男子生徒たちには、見ているだけで勃起してしまうほど悩ましい。

タイトスカートの布地が裂けそうなほど、はちきれんばかりのムッチリしたヒップは同級生の女子にない色っぽさで、平時から男子生徒たちは、麻美が歩くたびスカートの中で揺れる尻肉をねっとり観察していたのである。

「それじゃあ、服を脱いでもらいましょうか」

仁科が興奮ぎみにうわずった声を漏らす。

麻美は台の上に立ち、震えながら唇を噛みしめる。

(ああ……一馬さん、ごめんなさい……)

震える指でブラウスのボタンをはずしていく。

下から男子生徒たちの視線が、いっそうキツいものに変わっている。

それでも麻美はそのいやらしい目をやりすごし、すべてのボタンをはずしてブラウスの前を左右に割り、片方ずつ腕を抜く。

「おお……」

ベージュのブラジャーに包まれた、たわわなふくらみがあらわになると、男子生徒たちの目は美しい女教師のバストに釘づけになった。

ブラジャーはフルカップで、しっかりと双乳を包みこんでいる。なのに横から乳肉がハミ出しそうな迫力である。

仁科の目つきがさらにいやらしいものに代わり、女子生徒たちですら、その大きさに目を見張っている。

(ああ……そんなに見ないで……)

男子のいやらしい目が、怖気立《おじけだ》つほど気色が悪い。学校にいたときは、小さめのサイズのブラで押さえつけていたくらいだ。

「すげえ……」

「で、でかっ……」

脱いだブラウスを台の上に置こうとかがむと、正面にいた男子生徒たちの囁く声が聞こえた。

前かがみになったから、ブラジャーからこぼれた白い乳肉が見えたのだ。

麻美は首すじまで生々しいピンク色に染めて、恥ずかしそうにしながら、ちらりと横目で仁科をうかがう。

彼がうわずった声で言った。

「次はそのスカートを脱いでください。フフフ。顔が赤いですね。恥ずかしいんでしよう。もう、おやめになりますか」

「は、恥ずかしくなんか……ッ」

麻美は腰に手をやり、タイトスカートのホックをはずす。

しかし、今度はふんぎりがつかなかった。

せつなげな深いため息をこぼし、長い睫毛を震わせながらも、麻美は生徒のためだと、呼吸を乱しながらファスナーを下ろす。

そして中腰になり、一気にタイトスカートをズリ下ろした。

「おお……」

どよめきが起こった。

ナチュラルカラーのパンストを身につけたまま、ベージュのパンティを透かしている女教師の下半身が、あまりに悩殺的だったのだ。

くびれた腰から豊満な尻へと続くまるみのある稜線が、成熟した大人の色香をムンムンと発している。その震いつきたくなるほどの双尻から、ムッチリした太ももへ続くボリュームあるまるみがじつにそそるのだ。

「ううう……」

麻美は呻き声を漏らしつつ、胸と下腹を手で隠した。

まるでストリップショーのように台にあげられて、下から生徒たちに性的な目で見られるのは恥辱でしかない。

「まっすぐに立ってください」

仁科に言われ、麻美は乳房と股間を隠しながら、顔をそむけて直立の姿勢を取る。

2

仁科はねっとりした視線で美しい女教師のセミヌードを見つめていた。

ミルクを溶かしこんだように白く、シミひとつないなめらかな柔肌。

女らしくまるみのある肉づきがあり、じつに抱き心地のよさそうなプロポーションであった。

「すごいな。いい身体をしてるとは思ってたが、これほどとはねえ……バストのサイズはどれくらいなのかなあ。あと、ブラジャーのカップも」

仁科の言葉に、麻美はまなじりを引き攣らせる。

「し、知りません」

「知らないはないでしょう。じゃあ、奴隷をひとり殺そうかな。小林くん」

小林の銃先が女子生徒に向く。

「ま、待って……は、八十八よ……ブラのサイズはＦカップ……」

麻美が小声で答えると、仁科がククッと笑う。

「Ｆカップ。ほおお……そりゃグラマーだ」

舐めるように見つめられる。

ごまかすこともできたのだが、緊張して偽りの数字が出てこなかった。本当のバストサイズを答えてしまったことに、恥じらいが増す。

「じゃあ、その自慢のおっぱいを見せてもらいましょうかね。ブラジャーをはずしてください」

仁科がククと笑いながら言う。

（本当に私を……裸にして、さらし者にするつもりなのね……ああ……乳房を生徒たちの前にさらすなんて……）

美貌の女教師はためらっていたものの観念して、両手を背中にまわした。ホックがはずれてブラカップが緩むと、まるいふくらみがあらわになる。

麻美は慌てて乳房を片腕で覆うものの、巨大なバストは下乳も上乳も隠しきれずに見えてしまっている。

「ブラジャーをこっちに投げてください」

仁科が下から言い、左手を出す。

麻美は唇を噛みしめた。

だが、ここまできて刃向かうことはできない。

麻美は豊満な乳房にしっかり片手を当てながらブラジャーを抜き取り、仁科に向かって投げた。

「ククク……おお、すごいブラジャーだな。なんて大きさだ」

仁科はシルクの布地を裏返すと、乳首の当たるやわらかな部分に鼻をつけて、わざと麻美に見せつけるようにクンクンと嗅ぎ出した。

「ああ、へ、ヘンタイ……ッ」

麻美は思わず侮蔑の言葉を投げてしまう。

仁科の異常な行動に、女子生徒からも「いやああ」という悲鳴が湧き起こる。

「ミルクのような甘い匂いだ。フフ。たまりませんよ。では、次はパンティストッキングだ」

「くうう……」

麻美は言われたとおり、乳房を隠していた手を下に持っていく。

すると手で隠していた双乳があらわになって、ぷるんっと揺れた。

「すげえ」

男子の一部が喝采した。

麻美の乳房は釣鐘のような美しい形をしている。

乳首がツンと上向いて、サーモンピンクで鮮やかだ。乳首はわずかに陥没して、縦に小さな亀裂が入っている。

羞恥心がよりいっそう強くなるが、やらなければなけない。

「くうう……」

麻美はあまりの羞恥に悲痛な声を漏らしながら、中腰になってストッキングをズリ下げる。

生徒たちの前で脱がされる口惜しさと恥ずかしさに、ぽうっと目尻が赤く染まる。

ストッキングを膝まで下ろすと、ベージュのパンティに包まれた、ムッチリした下半身があらわになって、男子生徒たちの鼻息が荒くなる。

下着はごく普通のサイズだというのに、尻肉が半分ほどパンティからハミ出している。男子たちの中には、女子の目も気にせずにズボンの上から硬くなった股間をこする者までいる。

パンストを足首まで抜いて、麻美は震える手で下に落とす。

「いよいよ最後の一枚だ。ほら、看守役の生徒が楽しみにしてるんだ。最後は奴隷らしく、色っぽくお尻を振りながら脱ぐんですよ」

麻美は乳房と下腹部を手で隠しながらイヤイヤした。

「いやっ、もういやっ……」

覚悟を決めたはずなのに……今は恥ずかしさで、おかしくなってしまいそうだ。

「おや、約束はもうおしまいですか。素っ裸になれないなら……いいのかな。教え子に鉛の弾をぶちこむのは気が引けますねえ」

仁科が残忍な目を細める。

そのときだ。

「い、いい加減にしてっ」

メガネっ子の真希を介抱していた遥香が、急に叫んだ。

「もう……もう、いいでしょう。白石先生を降ろしてあげてください」

仁科が銃口を向けても、遙香は睨むのをやめない。

「さすがはクラス委員。じゃあ、今度はキミが先生の代わりに台にあがりたまえ。交代だ。そうすれば、白石先生を降ろしてあげよう」

3

仁科の言葉に遙香は顔を青ざめさせる。

しかし遙香は気丈にも仁科を睨みつけて、

「……いいわ。私が裸になります」

凛とした口調で言うと、男子生徒たちがみな息を呑んだ。

無理もなかった。

聖モルス学園の多くの女子生徒の中で、遙香は一、二を争う美少女だ。

そんな遙香が、みんなの前で裸をさらすと宣言したのだから、こんな異常な状況であっても、男子生徒たちが色めきたつのも無理はなかった。

「そんな……だめよ」

パンティ一枚の身体を震わせながら、麻美は叫んだ。

「いいんです、白石先生」

遥香は必死に訴える。横にいる真希がおろおろしている。

「だめよ。私は教師なのよ。仁科先生、言うことを聞くから……私の身体を好きにしていいから……お願い。私で終わって」

悲壮な覚悟を口にする。

仁科が目を細めた。

「ククッ。素晴らしい師弟愛だな。ではそれに免じて、教え子たちに手をかけるのはやめましょう。そのかわり、ここで誓ってもらいましょうか。白石先生の身体を私に捧げると。婚約者よりも私を選ぶと」

教室がざわめいた。

麻美が驚いて仁科を見つめる。

「ご、ご存じだったのですか。仁科先生……」

「フフフ。あなたのことは、よおく存じあげていますよ。いつもやさしい声をかけてくれて、私に気がある素振りを見せた。そのくせに、あんな男なんかに……」

仁科の言葉に麻美は啞然とした。自分に授業を見学させた意味もようやくわかった。仁科は屈折した愛情を持っていたのだ。

(神岡さんたちへの復讐だけじゃなく、私への復讐でもあるのね)

麻美が蔑んだ目で仁科を見る。

しかし彼はどこ吹く風で、ニヤニヤと笑い返してくるだけだ。

「さあ、では誓ってください、その身体を捧げると」

遙香が台の下で「だめっ」と叫んでいる。

麻美はそれを聞いて、決意を新たに仁科を見つめた。

「仁科先生……さ、捧げるわ……私のこの身体を……好きにしたらいい……だから、この子たちを助けて」

「先生……」

「白石先生……」

女子生徒たちが見つめるなかで、仁科はククといやらしい笑みを漏らす。

「さあ、それでは最後の一枚を脱いでもらいましょうかねえ。すっぽんぽんになるんですよ、白石先生。脱ぐときはゆっくりですよ。脱ぎ方も中腰になって、いやらしくだ。できなければ、何度でもやらせますよ」

言われて、麻美は唇を噛みしめつつ、ベージュのパンティに手をかける。隠していた乳房が、またぷるんと揺れる。

男子生徒たちが生唾を飲みこむ。

思春期の男子生徒たちは、ひときわ女体への興味がつきない。女性器はインターネットでは見たことがあるものの、ほぼ全員が本物を見るのははじめてだろう。ましてやそれが憧れの女教師のものであるならば、興奮もひとしおである。全員が鼻の下を伸ばして食い入るように見つめている。

好奇な視線にたえられず、麻美は目を閉じ、言われたとおりにゆっくりと下着を下ろしていく。

「く、くうう……」

パンティを下ろしながら、あまりの羞恥に声を漏らさずにはいられない。

こんな明るいところで、しかも生徒たちを前にして下着を脱いでいる自分が信じられない。

うっすらとした恥毛があらわになり、男子生徒たちの視線がさらにキツくいやらしいものになっているのを感じる。

麻美はカアッと顔を赤らめながら、左足の爪先からパンティ抜き、続いて右足からも抜いて握りしめた。

「それをこちらに投げてください」

仁科が笑う。

睨みつけるも無駄だとわかり、パンティを下に落とした。

仁科は女教師の脱ぎたてパンティを拾う。

「ええと、確か橋本《はしもと》くんだったたね。こちらに」

「えっ……は、はい……」

近くにいた男子生徒を呼び寄せ、麻美のまるまった下着を手渡した。

「白石先生の脱ぎたてほかほかのパンティだ。クロッチのところはどうなってる。ひろげてみんなに見せてあげなさい」

「仁科先生っ、な、なにを！」

麻美が手を伸ばしても、もうあとの祭だった。

橋本という気弱そうな男子生徒は顔を赤くさせながら、麻美のパンティを横にひろげてクロッチの部分を披露する。

「いやぁぁぁ！」

麻美がしゃがんで台の上から手を伸ばすも、仁科が銃口を向けてきてそれを許さない。仁科がニヤリと口角をあげる。

「どうだね、橋本くん、先生の下着は。正直に言うんだよ」

橋本はうつむきながら小声で言う。

「あ、あったかいです、すごく」

「温度はいいよ。汚れているかね」

「よ、汚れ？」

「フフ。まあ、いい。じゃあ、匂いを嗅いで」

橋本はちらりと麻美を見てから、震えながら顔をクロッチに寄せた。

麻美は「あああっ」と悲痛な声を漏らして顔をそむけた。

「女性の匂いははじめてかな。どんな匂いがした」

「え……あ……」

橋本は答えない。

「正直に言うんだよ。ほら、白石先生のアソコはどんな匂いだね。感じたままを話さないと……」

仁科が橋本の頭に銃口を当てる。橋本は「ひ……ひ……」と震えながら、声を絞り出した。

「く、臭いです……酸っぱいような、生臭いような……」

「いやあああっ、もう、やめて……許してっ……」

麻美は台の上でしゃがんでイヤイヤする。

豊かなセミロングの黒髪を振りたくる。

同時に遙香が叫んだ。

「やめて、もうやめてっ。それ以上、白石先生を侮辱するのは許さないわ」

それが合図となって、女子生徒たちが「ひどいわ」「やめて」と堰を切ったように非難しはじめる。

「うるさい！」

怒鳴ると同時に、ガーンと響くような銃声が鳴った。

あたりが静まり返り、音のしたほうをみなが向いている。仁科だった。

「あんまりうるさいと殺しちゃうよ。僕は白石先生を試しているんだよ。自己犠牲の高潔さをねえ。さあ、白石先生、その台の上で四つん這いになってください。お尻をこっちに向けてね」

女子生徒たちは先ほどの銃声で顔が青ざめていた。

みんなで身を寄せ合い、ブルブルと震えている。さすがに気丈な遙香も、威嚇射撃を目の当たりにして顔を強張らせている。

麻美は言われたとおり、四つん這いになる。

「ううっ……」

愛する婚約者にさえ、こんな明るいところで裸を見せたことはない。

麻美は四つん這いになりながら、均整の取れたグラマーな肢体を教え子たちにさらし、震えながらうなだれた。

恐ろしいほどの羞恥で、顔をあげることすらできない。

「ククク。いや、本当に素晴らしい身体だ。おっぱいは大きくて張りがあり、ウエストは細いわりに、ヒップはまるまるとして充実している。さすが二十六歳の成熟した女性だな。この悩ましい尻割れからただよう色気は、女子高生には出せないなあ。さぞ、婚約者にたっぷりかわいがられているんでしょうね」

仁科は舌舐めずりしながら、麻美の双尻を手のひらでじっくり撫でつけてくる。

「くっ、ううっ……」

手のひらの淫らな熱気が、尻肌から直に伝わってくる。

じっくりと麻美のヒップの肌触りや弾力を味わうように撫でまわしてくる手のひらの、おぞましさといったら……。

「くぅぅ……あぁッ……」

麻美はたまらなくなって、四つん這いのまま顔を振り立てた。

婚約者以外にはもう誰にも触れさせないだろう、そう思っていた自分の身体が、卑劣な男に蹂躙されている。

麻美は必死に唇を嚙みしめて、恥辱に耐えた。

「ほうほう、麻美先生のお尻は、こんなにもいやらしい揉み心地か。フフ。こんなにいい尻をしているなら、教師などお辞めになってもなにも困りませんなあ」

ヒヒヒと、仁科が鼻息を荒くしながら煽ってくる。

「い、いやらしいっ。仮にも教師であるあなたが……ああっ、くぅぅぅ！」

尻肉に指を食いこませるように、いやらしくヒップを揉みしだかれては、じっとしてなどいられなかった。仁科は女教師の尻を撫でまわしながら、ひときわ鼻息を荒くする。

「しかもだ。ククク……おま×こは使いこんでないピンクで、お尻の穴もキレイときている。極上のヌードですよ」

「い、いやっ」

麻美はハッとまっ赤な顔をあげて、片手を後ろにまわして尻割れと秘部を隠そうとする。仁科は笑って、その手をつかみ、どけさせる。

「ちゃんと見せてくれないと……どうれ」

仁科は桃割れに顔を近づける。

お尻の孔に刻まれた無数のシワが、生き物のように収縮をくり返している。セピア色の肛門は恥ずかしそうにときおり、キュッとすぼまっている。そのすぼまり方が、アナルセックスでの締めつけを期待させる。

肛門から下には、ひっそりした可憐な花びらが息づき、うっすらと開いた陰唇からは、鮮やかな紅鮭色の内部がぬめりを見せて光っている。

男子生徒たちはこっそりと仁科の後ろにまわって、麗しの女教師のヌードを楽しんでいた。まさか、あの憧れの白石麻美先生のフルヌードが拝めるなんて……。

男子生徒はもう女教師の裸体に夢中だった。くびれた腰から太ももにかけての悩ましい曲線が、成熟した女の官能美をムンムンと匂い立たせている。

うつむいてしだれかかった艶髪の隙間から、つらそうに震える端正な美貌がのぞいている。台の上で四つん這いになって、尻の奥までのぞかれるという羞恥に、泣きそうな表情がまた、凄艶《せいえん》な被虐美を醸し出していて、なんとも色っぽいのだ。

「ククッ、男子生徒たちが興味シンシンですよ、ほら」

仁科は笑いながら、麻美の尻割れから指ですうっと撫でつけた。

「あううううっ。い、いやっ、やめて」

女の恥部を指でいじられ、たまらず麻美は尻を振り立てる。

「おやおや、抵抗はしないという約束ですよ。ククッ。それにしても美しいおま×こだ。よく見えますよ、内部のヌメヌメまでもねえ。どうです。恥ずかしいですか」

麻美は肩越しに仁科を睨みつける。

「聞かれたことには答えるんですよ」

仁科は小さな膣孔に、ぬぷりと指をさしこんだ。

「きゃううっ。は、恥ずかしいわ……恥ずかしいから、もうやめて……」

麻美は四つん這いの背を伸びあがらせて、顔を何度も横に振る。

台の上にあげられ、四つん這いを強いられて、まるで見世物のようにされながら身体をもてあそばれる。

もう全身が火で炙られるような、凄まじい羞恥だ。

白い肌はますます上気し、汗で次第にぬめったような感じになる。

膣孔に入れられた仁科の野太い指が、ぐいと奥までえぐり立ててくる。

麻美は「くうう……」と呻いて唇を嚙みしめる。

そのときだった。

仁科の携帯電話が鳴って、人質となった生徒たちは息を呑んだ。

4

「校長ではないな。知らない番号だな」

仁科は人質となった生徒たちや麻美に目を配り、片手で銃を向けながら器用にスマホを耳に当てる。

「誰だね……警察？」

仁科の言葉に、麻美は安堵すると同時に恐怖を覚えた。

警察からの電話だというのに、仁科はまるで怯んだ様子も、慌てた素振りも見せなかったからだ。

静まり返るなか、仁科はスマホのスピーカーをオンにした。

——警視庁の和田《わだ》という者です。失礼ですが、聖モルス学園の理科教師、仁科隆治さんで間違いないですかな。

年配の男性の声だ。妙におっとりしている。交渉のプロなんだろうなと、麻美は思った。

「ええ、そうですよ」

――仁科さん、あなた、どうして籠城なんかなさってるんですかね。目的を聞かせていただければ……。

その言葉に仁科はニヤリと笑う。

「単純なことですよ。教育的指導だ。かわいい生徒たちと思い出をつくろうと思いましてねえ。それともうひとつ。どうもこの学園の生徒たちはセレブな子女が多いからか、人を見下すような態度を取る人間が多いのでね。それを正そうかと」

――なるほど。なかなか生徒思いの先生のようです。でも、どうでしょう。三十人の生徒の中には、ぐあいの悪い人間もいそうだが。その人だけでも解放したら……。

言われて、仁科がじろりと生徒たちを見渡した。

麻美も見た。

男子生徒は大丈夫だが、女子生徒の中には真希を含めて泣いている子がいて、情緒不安定になっているようだ。だが、命にかかわる人間はいないと思える。

「どうやら生徒たちは元気のようですよ。何人かは負傷してますが、まだ死人は出ていません。そうそう、いちおう言っておきますが、校舎の中は爆弾だらけですから、トラップに気をつけてくださいね。校舎の中に入ってきた人間を見たら、誰であろうと生徒をひとり殺します」

仁科は冷笑を浮かべて続ける。

「もうひとつ。電気を切るのも無駄ですよ。この教室だけは自家発電で動いています。先ほどからヘリの音がするようですけど、屋上も爆破してますから簡単には入れませんよ。こちらからまたかけますね」

仁科は一方的にスマホの電源を切ると、近くにいた男子生徒にテレビのリモコンを持ってくるように命じた。

仁科がボタンを押す。天井の隅にあるテレビが、聖モルス学園の校舎を映している。その前に若い男がマイクを持って立っている。

――たった今、入った情報です。籠城事件の犯人の教師と、警察はコンタクトを取ったようです。内容はわかっておりません。くり返します……。

「……ん？」

仁科が画面のなにかに気づいたように目を細め、それから窓のところまで行って、外をのぞきこんだ。

「あれか……」

そうつぶやくと、くるりと振り向き、教壇まで行って、そこから金属のようなものを男子生徒たちに向かって放り投げる。

床に落ちて散らばったものを見て、みんながハッとなった。手錠だった。しかもその音から、玩具ではなく本物に近い手錠ではないかと思われた。

「今から僕が指をさした奴隷は服を脱ぎたまえ。ブラジャーもパンティもだ。看守である男子生徒はそれを手伝い、そして手錠で後ろ手に拘束するんだ」

悲鳴があがった。

だが大半の生徒たちは、わなわなと震えて声も出せない。

男子たちは手錠を拾うも、女子たちと顔を見合わせるだけだ。

「で、できません、そんなこと」

負傷した田村が声をあげる。タオルで縛った肩からは血がにじんでいる。麻美は台の上でこの生徒の正義感あふれる言動に感銘を受けた。

仁科は田村に銃を向け、続けて別の男子生徒たちにも銃を向ける。

「彼にも手錠をかけろ。田村くん、気をつけたまえ。そろそろひとりくらい殺して、ちぎった耳でも警察に送ってやろうかと思っていたところだ。さあ、早くしろ」

男子生徒は田村に謝りながらも手錠をかける。

岩井もかけられた。

まるでそれが合図だったように、男子生徒たちが手錠を持って、女子生徒たちに迫っていく。

「いいね。みんなが協力的だとスムーズだ。奴隷は早く服を脱ぐんだ。拒むなら躊躇なくズドンと行くよ。まずは、そこのキミ、そしてキミ……」

仁科に指さされた女子生徒は、最初躊躇していたものの、仁科の冷笑を見ると震えあがって、慌てて制服を脱ぎはじめる。

グレーのベストを脱ぎ、ブラウスのボタンをはずしていく。

チェック柄のミニスカートを下ろして、パンティ一枚という格好で、しゃがんで靴下を脱いでいる者もいる。

看守側となった真希をはじめ、クラス委員の遙香やお嬢様の紗良、その取り巻きの凜や愛花は裸になれとは命令しなかった。お気に入りの女子生徒たちは、あとでじっくりと楽しむつもりなのだ。

「その首もとの赤いリボンはつけたままでけっこう。聖モルス学園の女子生徒だとわかるようにな、ククク」

仁科が満足そうに笑う。麻美は台の上から叫んだ。

「す、すぐにやめさせてくださいっ。仁科先生、約束が違うわ。私が代わりをすると言ったはずです」

「申し訳ありません。事情が変わったのですよ」

ちらりと女子生徒たちを見る。十人の女性たちが素っ裸になり、背中で手をくくられた状態で、うつむきながら立っている。

その後ろで、看守となった男子生徒たちがニヤニヤと笑っている。

麻美は恐ろしくなった。

思春期の男子たちの性衝動《リビドー》を利用して、仁科は完璧に洗脳してしまったのだ。

「よし、看守たち、奴隷をそのまま窓のところに並べろ。一定間隔でだ」

「なっ」

麻美は絶句した。

裸になった女子生徒たちが悲鳴をあげる。

「逆らったら、後ろから撃ち殺すよ。ほら、早く並ぶんだ」

銃口を突きつけられた女子生徒たちが、泣きながら窓ぎわに立たせられる。

「やめてぇ」

「やめて！」

麻美が、そして遙香があらんばかりの悲鳴をあげる。

しかし窓に走り寄りたくとも、小林の銃口はクラスで一番か弱き女性、真希に向いているのだ。友達思い、そして生徒思いのやさしさを逆手に取られて、ふたりは血がにじむほどに唇を噛みしめている。

下に集まった群衆たちのどよめきが聞こえた。

テレビ画面を見れば、

「まずい。切り替えろ！」

という怒声が聞こえ、今まで下からこの教室に向いていた画面が、いきなりスタジオにいるアナウンサーの画に変わった。

仁科は再び外を見た。

下にいる群衆たちは、あまりの凄惨な光景に目をそむけている。

可憐な乙女たちが乳房や股間の繁みをあらわにして、立たされているのだ。良識ある人間であれば、見まいとするのは当然だろう。

だがそのじつ、怒りとともに、か弱き女子高校生たちのまだ成熟しきっていない裸を見て、欲情を覚えている人間が一定以上いるのを仁科は見逃さなかった。

警察や取材陣、さらには遠目に見ている野次馬たちのなかに、目をそむけるフリをして、こちらをチラチラと見つめてくるヤツがいる。滑稽だった。

「いやあ……お願い。撮らないで……」

「ああ、み、見ないでぇ……」

窓ぎわに立たされた裸の女性高生たちは赤いリボンだけを首に巻き、後ろ手に手錠をハメられた恥ずかしい格好でうなだれて泣き濡れている。

十名の健康的な乙女が、甘酸っぱい体臭と汗の匂いを発散させている。

背後で女子生徒たちを捕まえて立たせている男子生徒たちはその匂いを嗅いで、ますます股間をいきらせている。

端の男子生徒などは荒い息を漏らしながら、こっそりと女子生徒の、剝き出しの尻や太ももを撫でまわす始末だ。

もし仁科がこのまま襲ってもいいと合図すれば、餌を与えられた狼のように、同級生の女子たちをレイプしてしまうだろう。

「ひ、ひどいわっ。あなたは悪魔よ……どうして、こんな……」

麻美は両手で乳房や股間を隠しつつ、台の上から卑劣な理科教師を睨みつける。

仁科はニヤリと笑みを漏らす。

「警察の中には特殊なのがいましてねえ。テロ対策特班というんですが、こいつらがヤバくてねえ。テレビ画面を見たら、もういたんですよ。おそらく私を射殺する気でしょうから、彼女たちに肉の盾にもらったわけです」

「に、肉の盾……」

麻美はハッと窓を見た。

等間隔に並べられた十名の女子生徒たち。彼女たちは仁科にとって弾よけの防具なのだ。

「く、狂ってるわ……いますぐやめさせて！」

「もちろんずっと立っているのもつらいでしょうから、五人ずつ交代でまわしていきますよ。それにもう少ししたら、カーテンを閉めて終わりにします」

「そんな……だったら、私が盾になります」

麻美が言うと、仁科が唇を歪めていやな笑いをした。

「ホントに先生は気高いですねえ。いや、素晴らしい。では、そんな先生の自己犠牲の精神がどこまで本物なのか、ちょっと試してみようじゃありませんか」

仁科は教壇に戻ると、下に置いた大きなバッグから麻縄を取り出した。細いが編みこまれた頑丈な縄だ。

5

「残りの看守たち、白石先生を実験台に、仰向けに寝かせて、大の字にして両手足を縛りたまえ。きっちりとだぞ。少しでも緩んでいたら処刑する」

男子生徒たちが狼狽《うろた》えた。

が、しかしだ。

憧れの美人教師……しかも素っ裸の女教師を縛れるという欲望に、思春期の男子たちの目に暗い光が宿っている。

じわりと四方から生徒たちに追いつめられて、麻美は台の上で悩ましい肢体をぶるぶると震わせる。

「な、なにをしようというの！」

裸のまま、台の上に拘束されようとしている。

麻美の声は恐怖にうわずった。

「なあに、簡単なゲームですよ。先生がゲームに勝ったら、窓ぎわの奴隷たちは解放してあげましょう」

「……信じられないわ。さっきも約束を破ったし」

麻美はふだんのやさしげな表情を隠して、気丈に仁科に訴える。

「別にしなくてもいいんですよ。うら若き乙女が、おっぱいやおま×こを警察やテレビ局にさらしたままでもいいのならね。さあ、看守たち、先生を縛りたまえ」

言われて、縄を持った生徒たちが麻美をじっと見つめている。

(ゲームなんて……どうせ私をいたぶるだけ……)

麻美はそう思うのだが、どうしても窓ぎわの女子生徒をあのままにはしておけなかった。

麻美は覚悟を決めた。

「……いいわ。キミたち、私を縛って……仁科先生、約束よ」

「だめっ。いやっ」

遙香が叫ぶと、窓ぎわに並ばされた女子生徒たちからも心配する声があがる。

しかし小林が銃を向けると、その声はしぼんでいく。遙香も親友の真希に銃口を向けられると、叫ぶこともできなくなってしまう。

「しっかり縛るんだよ」

仁科に銃口を向けられると、五人の男子生徒たちは、

「白石先生、すいません！」

と頭を下げつつ、実験台に仰向けになっている麻美の手首と足首に麻縄を巻いた。

「ああ……」

両手をバンザイさせられるように縛られて、乳房も腋窩《えきか》もすべて隠せなくなった麻美は、恥じらいと絶望の混じったせつない声を漏らす。

さらには両足だ。

片足ずつをつかまれて、無理やりに左右にひろげられた。

（あああ……いやあぁ……）

恥ずかしい部分は生徒たちにまる見えである。

まだ処女と見紛う薄ピンクのキレイな花びらも、大の字に開かされて固定されては隠すこともできなかった。

「わ、私を……私をどうしようというの」

手首や足首に痕がつくほどキツく麻縄で縛られている。

これでは逃げるどころか、手足を動かすことすら難しい。

教え子たちの手によって大の字に拘束された麻美は、不安を覚えて仁科に話しかけた。

「ククク……生徒を愛する先生には簡単なことです。今から授業の続きを行います。神経系の興奮が伝達すると、効果器にどのような違いが現れるか……つまり人間が感じたときに起こる人体の変化をこの子たちに見せてやるんですよ。正しいセックスを学ばせるのも教師の務めでしょう」

「えっ……」

生徒たちの間でざわめきが起こった。仁科は続ける。

「今から看守たち……つまり男子生徒たちが先生を愛撫します。生徒を愛する高貴な先生が、教え子たちなんかの手や舌で感じるはずはありません。万が一、達したなどということがあれば、教師は失格……」

「な、なんですって！」

不安に青ざめていた麻美の美貌が一気に凍りついた。

と同時に、まわりの男子生徒たちが色めきたった。

白石先生を愛撫……先生にイタズラできるってこと？

指や舌って……白石先生に触ったり、舐めたりできる……。

麻美は男子生徒たちの、そんな不穏な空気を感じ取った。

思春期の男の子たちだ。だめだとわかっていても、女体に興味を持つのをやめられるわけがない。

「そ、そんな……そんなこと……できないわっ」

犯されるだけでなく、両手足を縛られたまま、教え子たちにイタズラされる。

しかも、生徒が見ている前でだ。

とても耐えられるわけがない。

「生徒になにをさせるんですか。こんなバカなこと……ああ、やめて……縄をほどいてください！」

麻美は大の字に縛られた身を激しくよじる。

だがそのせいでたわわなバストが、ぶるん、ぶるんと揺れ弾み、大きく開かされた股間の亀裂から、ピンクの剝き身がちらちらと見えてしまう。

男子生徒たちは生唾を飲みこんだ。

仁科は笑う。

「身代わりになると言ったじゃないですか。もし先生が負けたら、罰として私は女子生徒のひとりに種づけをします」

その言葉に女子生徒たちから悲鳴があがった。

「こらこら、怯えている場合じゃないよ。窓ぎわの奴隷たち、そしてそこに固まっている奴隷も、看守の真希くんもしっかり見るんですよ。女性はね、無理やりにされても感じることはないんだ。もし感じてしまうとすれば、それは生徒を守るという気持ちより、快楽が勝るということになってしまう……遙香くんもだよ」

クラス委員の遙香だけが、頑《かたく》なに目をつむっている。

仁科は遙香のところへ行って銃をかまえる。

「目を開けたまえ」

だが遙香は気丈にも顔をあげ、

「先生を放してあげて」

そう言って、凛とした表情で仁科を見つめる。

「そんなに死にたいのかね。だが、キミは……」

仁科は冷酷に笑い、銃口を真希に向ける。

遙香は「くっ」と唇を噛んでから、仁科に向かって「どこまで卑怯なの！」と言葉を投げつけて歯ぎしりする。

6

遙香と目が合った。

アイドルのようなクリッとした黒目がちな瞳が、絶対にクラスメイトを救ってみせると、意志の強い輝きを放っている。

(相沢さん……そうよ、私も負けないわ……こんなことで)

麻美の柔和な顔立ちが、凛とした厳格な女教師の表情に変わる。仁科の視線からフンと顔をそむけて、縛られた両手の拳をギュッと握りしめる。

そのとき、麻美の目の前がまっ暗になった。

布かなにかで両目を覆われたのだ。

その布が後頭部でキツく縛られた。麻美は目隠しをされたとわかった。

「キミたち、これで大胆になれるだろう。憧れの白石先生には、誰がどんなふうに愛撫したか、まったくわからない……さあ、これは授業の一環だ。一匹の牝である白石先生をキミたちが発情させるんだ。好きなようにしていいんだぞ」

男子生徒たちは生唾を飲みこんだ。

実験台に大の字に縛られた女教師は、まるで生贄《いけにえ》のようだ。

最初は五人とも顔を見合わせていたのだが、すぐに全員が麻美に近づき、その目隠しされた顔をのぞきこんだ。

艶々したミドルレングスの黒髪に、瓜実顔の整った顔立ち。

今は目隠しをされているが、いつもの大きな目はきらきらと輝いて、見つめられるだけで顔を火照らせてしまうほどである。

まるで女優のような人目を引く美しさ。仰向けでも形が崩れないたわわなおっぱい。透き通るようなピンク色の乳首。

肌理《きめ》の細かい白い肌はシミひとつなく、くびれた腰つきや悩ましいヒップライン、そしてキレイに生えそろえられた恥部の繁みが美しい。

憧れである清楚で可憐な白石先生が今、すっ裸にされ、しかも両手足をひろげた大の字の格好で無残にも縛られている。

生徒たちはもう勃起しっぱなしだった。

しかし、まださすがにためらいがあった。

「どうしたね。美人の白石先生をキミたちの好きなようにしていいんだぞ。おっぱいを揉んだり、アソコに指を入れたり、キスしたり……こんなチャンスは二度とない。キミたちは銃で脅されて仕方なく白石先生を凌辱するんだ」

仁科が男子生徒たちに既成事実を押しつける。

麻美は目隠しされた奥で、目をギュッと閉じた。

生徒たちに身体をもてあそばれる……だが、そんななかでも、麻美は三年C組の男子生徒たちの正義感にどこか期待している部分もあった。

（きっと、この子たちなら、ちょっと触れるだけで終わりにしてくれる……）

しかし、淡い期待は次の瞬間にかき消されてしまった。

大きな手がそっと麻美の白い乳房をつかんで、指を食いこませてきた。

「あっ、あんっ」

麻美はビクッと全身を震わせて甘い声をあげる。

（そ、そんな……いきなり乳房を……）

「先生……ごめんなさいっ。でも……こうしないと、みんなが……」

聞こえてくる声に聞き覚えがあった。

（あ、秋葉くん……）

麻美は目隠しの奥で、まなじりを引きつらせる。

眼鏡をかけて気弱な少年……彼がまさか、先人を切って愛撫してくるとは思わなかった。

少年の指はもうガマンならないとばかりに、ムギュッ、ムギュッと押しつぶすように、形がひしげるほど乳房を強く揉みしだいてくる。

「い、痛いっ。ああ……や、やめて……」

しかし、興奮しきった男子生徒には、もう麻美の哀願する声は聞こえていない。

「すごい……マシュマロみたいだ。白石先生のおっぱい……やわらかくて、弾力があって」

秋葉はうわごとにようにつぶやいた。

はじめて触れる女性の乳房……Ｆカップもある巨大なバストは片手では収まりきれぬほど大きくて、指を食いこませるたびに、なめらかな乳肌が指に吸いついてくる。

透き通るようなピンク色の乳首は、触れる前から屹立しているが、女体にはじめて触れる秋葉には、それが興奮時にわずかに肥大化したものとはわからなかった。

「くぅう……ううう」

大きなバストを握られ、苦悶の呻きを発していた麻美だが、ふいに乳首も指でいじられると、

「あ、あン！」

縛られた裸体をのたうたせ、思わず甘い声を漏らしてしまった。

すると、教え子たちの愛撫する手がとまった。

目隠しで見えないが、実験室の中で生徒たちが息を呑んだような、そんな気配を感じた。

「い、いやっ」

麻美の顔が一瞬で赤らんでいく。

目が見えないことで、感覚が鋭くなっていたのだ。

いきなり女っぽい声をあげてしまった麻美は、口惜しさと恥ずかしさに唇を噛んだ。

眉間には悩ましい縦ジワを刻んでいる。

「ほほお。なかなかいい声をあげるじゃないですが、白石先生。キミ、秋葉くんか。もっと白石先生の乳首をいじってあげるといいぞ。つまんだり、こりこりしたり、舌で吸ったりすると、麻美先生も気分が出てくる」

「ああ、いやっ……いやよっ……」

麻美はかぶりを振った。

しかし秋葉は、仁科の教えをきっちりと守り、乳首をキュッとつまみあげて、やさしくコリコリと揉んできたり、親指で乳頭を圧したり、いろいろ試してくる。

「ああっ……や、やめてっ……や、やめなさいっ」

高校生の無骨な愛撫であっても、むず痒いような妖しい感覚が背すじを走り、腰をじわじわとせりあげてしまう。

揉みしだかれているおっぱいの先がジワジワと疼きはじめて、乳頭がさらに張っているのが感覚でわかった。

「う……あっ……あぅん……や、やめて……くぅ……くうう……」

清純で厳格な教師であっても、麻美は二十六歳の成熟した大人の女性である。

目隠しされて素っ裸で大の字に拘束され、さらには教え子たちの目にさらされているという異常な状況で、妖しい火照りが増していくのがこらえきれない。

「ああ、先生……すごい、いやらしい声……」

秋葉が熱い声を漏らし、キュッと乳首をひねりあげた。

「あぅぅ……」

麻美は目隠しの奥の目を見開き、腰を浮かせる。

感じまいとすればするほど身体は鋭敏に反応し、汗ばんだ肢体を狂おしくよじり立ててしまう。

「ククク。感じているようですねえ、麻美先生。わかってらっしゃいますよね。もし教職者ともあろう者が教え子の指や舌で達してしまうなんて痴態を見せれば……かわいい生徒がひとり、僕の子を宿すかもしれないんです」

ひいいい、と阿鼻叫喚《あびきょうかん》の声が女子生徒たちからあがる。

まだ十七、八歳のか弱き乙女が、生まれたままの姿にされて、手錠をハメられ、性奴隷のように扱われている。そのうえ、卑劣な男の生殖器で処女を奪われて、悪魔のような子種を注ぎこまれるなど、想像するだけで気を失いそうだ。

「か、感じてなんか、感じてなんかいません！」

必死に否定するものの、秋葉に乳首をこりっ、といじられただけで、

「くぅぅ」

と、麻美はこらえきれぬ声を漏らして腰を揺らしてしまう。

「秋葉くん、麻美先生の身体に変化は現れたかね。特に乳首だ」

仁科に言われて逡巡していた秋葉だが、やがて気づいたようにポツリ語った。

「……か、硬く……すごく硬くて、大きくなってきました」

（いやああ！）

目隠ししているので気配しかわからないが、生徒たちの目が乳首に集中している気がした。

麻美は心の中で噎び泣いて、身をよじろうとする。

しかし、所詮は無駄な抵抗だ。どうやっても大きくひろげられ、キツく縛られた手足では、疼く乳頭を隠すことができない。

「ククク。よくできました。女性が感じてきた証拠だよ。それでも麻美先生は、まだ感じてないと言い張るかねえ。さあ、ほかの四人も、ぼおっとしてないで、先生のおま×こやお尻をイタズラして、感じさせるんだよ」

その声が合図だったように、男子生徒たちがいっせいに女教師の身体に手を伸ばしてきた。

艶々した髪を撫で、くんくんと麻美の髪の匂いを嗅ぐ者がいる。

胸を何人もの手でまさぐられて、太ももにも手を這わされる。

「い、いやっ。ああん、どこを触っているのっ……ああ、そんなところを……だっ、だめっ……あうう……や、やめて……やめなさいっ」

麻美は悲鳴をあげた。

教え子たちはきっと遠慮がちに触れてくるはず、という淡い期待は粉々にくだけ散った。

獣となった男子生徒たちを叱責しても無駄なことだった。

まるで痴漢のような、ゾッとするようないやらしい手が這いずりまわってきて、麻美は目隠しの奥の目を大きく見開いた。

特に乳房は何人もの手で痕がつくほどキツく揉まれたり、乳首を引っぱられてひねられたりする。

「ううんっ……うっ……ああっ……や、やめて……っ……ああんっ、お願い」

もはや女教師の肉体は、男子生徒たちの玩具だった。

そしてついには教え子たちの手が、もっとも触れられたくない恥部に近づいていた。

「ああ……だ、だめ……お願いっ」

そこは触れられたくないと、麻美は目隠しだけをした、悩ましいボディをくねらせる。

その腰の動きを見て、生徒たちの興奮がますます募る。

ヒップから、ムッチリした太ももへ繋《つな》がっていく脚線美。整った恥毛の奥にのぞく、ピンク色の媚肉……。

汗でぬめる二十六歳の成熟した身体は悩ましいほど甘い匂いを放ち、まぶしくもうらやましいほどの官能美を漂わせている。

女体にはじめて触れる男子高校生たちが、ガマンしきれるわけがなかった。

「だめよ……お願い……ああン……うう……あううう！」

びちゃ、と舌が触れた瞬間、おぞましさに鳥肌が立った。

誰かの舌が首すじからデコルテのあたりを舐めている。

と同時に、開かされた足のつけ根に誰かの手が蠢いている。指がふっくらした肉土手を触り、大きく開かせようとしているのがはっきりわかった。

「なにをしているのっ……やっ、いやっ……」

麻美は実験台の上で身体をのたうたせる。

指が肉の合わせ目をつまみ、花びらを開くようにゆっくりと、外側に向けて開かされていく。

「ああっ」

麻美はちぎれんばかりに首を打ち振って、大きな悲鳴をあげる。

ワレ目を大きく開かされている。それだけで死にたくなるくらいの恥辱なのに、教え子の指が肉のワレ目をなぞってきた。

「だめっ。うっ……あっ、い、いやらしい……お願いよっ、あなたたち……ハアッ……ハアッ……ああンッ」

誰かの指が合わせ目の上部にある肉芽をつまみあげ、別の指はワレ目を執拗にこすっている。

女教師は目隠しをさせられ、しかも縛られて抵抗できないのをいいことに、やりたい放題になぶられていた。

ハアハアと荒い息が聞こえ、大きく足を開かされた恥ずかしい場所に指が何本も這いずりまわる。

「い、いやああ！」

麻美は大きく背を浮かせ、目隠しの奥の目を限界まで開いた。

男子の指が、ヌルッと狭い膣孔に侵入してきたのだ。

敏感な膣に指を入れられたことで、媚肉が驚いたように指を食いしめてしまう。

「ああっ、やめてっ……あ、あなたたち……やめてっ。なにをしているのかわかってるのっ」

目隠しの裏側で、麻美は眉間のシワをさらに深く刻んで、首すじや腋窩から甘酸っぱい汗がにじみ出す。

(こんな……こんな……)

死にたくなるほどの羞恥だった。

なのに身体の奥が熱くただれて、全身が感じやすくなっている。

どうしょうもない淫らな疼きに、女教師は狼狽えることしかできないでいる。

そのうちに手で乳房を搾るようにつかまれ、せり出した乳首にぬめったものが触れた。

「あんっ……ああっ……あああ」

舌でねろねろと敏感な突起を舐められた。

さらに今度は先端ごと誰かの口に含まれて、赤ん坊のようにチュウチュウとキツく吸い立てられる。

「くぅぅぅぅ!」

麻美は激しく悶えた。それでもなんとか奥歯を嚙み、声をぎりぎりガマンする。

「ククク。先生……こらえなくてもいいんですよ」

仁科の嘲る声が聞こえる。

「ううっ……こ、これくらい……なんともありません……ハア……ハア……ンッ……

ンンッ」

抵抗する言葉も満足に吐けなくなっていた。

喘ぎ声とともに、女教師のヒップが妖しくくねりはじめる。花園の奥にさしこまれた指が、ゆっくりと出し入れされているのだ。

「だ、誰……誰なの……そんなことしないで。やめてぇぇ……」

教え子の指によって、デリケートな部分をいじくられる。

婚約者のものだと誓った身体が、教え子によるいやらしい手つきで蹂躙され、辱められる。

麻美は目隠しをした顔に、苦悶の表情を浮かべた。

しかし教え子たちの凌辱は、まだはじまったばかりだ。

7

教え子たちによるイタズラは数分続いていた。

目隠しをされた麻美は、いよいよじっとりと汗ばんだ身体をのたうたせて、なんとかこみあげる声を必死にガマンしていた。

そのとき、誰かの指がクリトリスをやさしくつまんだ。

「ああんっ……」

ふいに一瞬気が緩んで、甘い声をあげてしまう。

「うん？」

仁科の声がした。

「麻美先生、濡れてきたようですねえ。生徒の指にべっとりと透明な蜜が塗りたくられているんですよ」

「ち、違うわ……」

カアッと脳を熱くさせながら、麻美はかぶりを振り立てる。

しかし、抵抗する気も弱々しかった。

先ほどからヒップが異常に熱くなっていた。腰が淫らに震えているのは、間違いなく感じてしまった証拠だ。

「し、白石先生……」

クラス委員の遙香は、何度も顔を伏せようとした。

だが、そのたびに小林が執拗にライフルの先で、隣にいる真希を小突いてくるのだ。

見たくなくとも、見ないわけにはいかなかった。

（ああ……あんなひどいことを……）

いつもは柔和でやさしい雰囲気だが、正義感にあふれて、悪いことをした生徒には分け隔てなく凜とした態度を見せている。

そんな麻美を遙香は尊敬し、憧れていたのだ。

「こ、小林くん……」

遙香は上目遣いに小林を見つめた。

「なに。今さら命乞いかい、相沢さん」

小林はニヤニヤと笑い、返事をする。前からなにを考えているかわからないところがあったが、まさか卑劣な教師と結託するまで堕ちていたとは思わなかった。

「もう、やめて。クラスメイトや先生をいじめて、あなたは恥ずかしくないの。捕まってしまうのよ」

遙香の言葉に、小林は真顔になって、銃口を向けてくる。

「フン。捕まるのなんかなにも怖くないさ。それよりも、この学園がバラバラになって崩れるほうが楽しい」

遙香は「えっ」と聞き返した。

「なんでそんなこと思うの？　みんなの大事なクラスメイトでしょう」

「……キミの父親は大学教授だろう？　金になんか不自由したことないだろ。生活を切りつめて、学校に行かせてるヤツなんてバカだと思うだろう？」

「なにを言ってるの。思わないわよ。お願い。せめてこの手錠だけでもはずして」

必死に哀願するも、小林はふっと表情を緩め、いつものニヤニヤした顔に戻っている。

「しゃべりすぎたな。ほら、仁科先生の言いつけどおりに、しっかり見ろよ」

小林が顎で麻美のほうに向けと指図した。

麻美をいたぶっていた五人が、別の五人の生徒とチェンジさせられた。

代わった五人は、改めて大の字に磔《はりつけ》にされた女教師の肢体を眺めた。

教え子たちの唾液にまみれ、ツンとがった薄ピンクの乳首が濡れ光っている。

執拗な愛撫で、まっ白い肌は桜色にぼうっと上気し、うっすら汗ばんでそのグラマーな肢体をよけいに色っぽく見せている。

大きく開かされた股間のスリットは、ぴったりと閉じていたはずなのに、今は指でいたぶられたことでうっすら開き、内部の赤みがバッチリと見えている。

しかもだ。

仁科が言うように、媚肉はぬめぬめと光り、上部にある小さなクリトリスが充血して赤らんだ様相を見せていた。

「へへ、へへへ……」

五人の生徒たちが舌舐めずりしながら麻美に近づいていく。

「クク。この五人はどうやら女性経験があるようだねえ。別に恥ずかしくないなら、麻美先生の目隠しをはずそうか。感じたときの表情が見たいだろう?」

男子たちは顔を見合わせると、うんうんと頷いた。

麻美の目隠しが仁科によってはずされる。

いきなり視界が戻った麻美は、何度か瞬いてから、何人かの生徒たちが見下ろしているのに気がついた。

「お、大石《おおいし》くん、中嶋《なかじま》くん、桑原《くわばら》くん……あ、ああ……」

麻美は絶望に襲われた。新たな五人も、目を血走らせて麻美の全身を舐めるように見つめていたからだ。

「麻美ちゃん、悪いね。でもさ、イカせないと、こっちもヤバいんだわ。悪く思わないでくれよ」

「そうそう、仕方なくだからさ……ウヘヘヘ」

五人は見下ろしながら、口々にそんなことを言う。明らかに、いやがっている素振りではない。

「あ、あなたたち……ああん……お、お願いよ……もう、許して……」

麻美は濡れた唇を震わせて哀願する。

だが、五人は容赦なかった。

「ンッ、ンンッ」

いきなり唇を奪われて、麻美は目を白黒させる。

（そんな……キスまで……い、いやっ）

教え子とは思えぬおぞましい舌が、ちろちろと唇を舐めている。ディープキスをしようというのだ。

「んむぅ……ん！」

そうはさせまいと唇を引き結んで顔を振り立てるのだが、顎をつかまれては逃げようがなかった。

そのうちに両足の縄がはずされた。

わずかな希望はすぐに絶望に変わった。大きく足をひろげさせられるために、わざと戒めをほどかれたのだ。

「ククク。いいぞ、キミたち。ご開帳だ」

仁科の冷たい声が聞こえる。

男子生徒たちの手によって、両足は大きくひろげられていく。

麻美はおぞましい口づけを受けながらも、上気した頰を引き攣らせて、懸命に足を開かれまいと抵抗する。

(ああ……こんなの、こんなのいやあ……!)

胸奥で叫ぶも、女教師は男子生徒の力にかなうわけもなく、無残にもM字開脚をさせられて、女の恥ずかしい部分をあらわにされてしまう。

(見ないでっ。見てはいやああ!)

ヌードにされただけでは飽き足らずに、恥ずかしい開脚までさせられて、教え子たちに女性器もじっくりと見られてしまう。

口を塞がれたままの女教師の全身が、熱く燃えあがった。

身体の芯がさらにジクジクと疼いて、いてもたってもいられない。

子宮がとろけるような女芯昂りに、ドクッ、ドクッと奥から花蜜が噴きこぼれているのがわかる。

（こんな……こんな……）

自分でも異常だと思うのだが、ガマンすればするほどツーンとした妖しい疼きが子宮から伝わってきてしまう。

「ウヘヘ……先生……おま×こから熱い汁がしたたってるぜ。見られてうれしいのかい？」

五人の男子生徒のうち誰かが、耳もとでねっとりと囁いてくる。

無理やりではない。もう生徒たちは嬉々として、女教師をレイプしているのだ。

「ううむ……ムゥゥ！」

清純な女教師は、ギュッと唇を引き結んだままだった。

濃厚な口づけは、せめて大好きな婚約者だけのものにしたい。身体を無理やりに奪われてもディープキスだけは……。

だがその決意は、わずかな隙によってもろくも崩れ去った。

誰かの指が女の花びらをくつろげたときだ。

ぬらあっ、としたものがワレ目に這いずりまわった瞬間、そのおぞましさに麻美は裸体を大きくのけぞらせて、唇をほどいてしまった。

待ってましたとばかりに、教え子の熱くぬめった舌が、強引に口内にさし入れられた。

(ああっ、いやぁぁぁぁ!)

ピチャ、ヌチャ、ヌチャ……。

音を立てるようにして、歯茎や頬粘膜までねっとりした舌で舐められる。

噛んでやろうと思うのに、同時に膣や乳首も指でいじられて、感じてしまって口を閉じられない。

「んぁ……う……ンむむ」

じわじわとぬめった舌によって、麻美の舌がからめとられる。

(いやあああ!)

ねちっ、ねちっと唾液まみれの舌でもてあそばれて、チューと吸いつかれる。

一瞬、あまりの気持ちよさに、気が遠くなりかける。

(い、いけない……いけないわ)

ふと快感に流されそうになり、麻美はかぶりを振り立てて口づけをほどく。

どうして……と思うのだが……認めたくないのだが……彼らがうまいのだ。

おそらく、何度か経験があるのだろう。最初の五人とは違って、女を感じさせたいという意志が、こってりとした舌遣いや指の動かし方から伝わってくる。

「いやっ……ああっ……ンンッ……んふっ……ンンッ……」

逃げたのに、また顎をつかまれて唇を奪われる。

荒い息をしながら舌の根元まで教え子の舌でまさぐられて、麻美は不自由な裸体を何度もよじらせる。

だが、そんな抗いなど無駄なことだ。

教え子たちの愛撫が、エスカレートしはじめた。

ワレ目には舌を入れられ、しっとり生温い蜜をすくい取るように、ねろん、ねろんと舐めしゃぶられる。

ぷっくりしたクリトリスは、指でキュッ、キュッとつねられる。

円柱状にせりあがった乳頭は温かな口に含まれ、チュッ、チュッと何度も吸われている。

首すじにもキスをされ、M字に開かされた太ももを撫でられている。

そのうえでのディープキスだ。もう、逃れられなかった。

化学実験室の中は、まるで濃厚な発情の匂いが漂っているようだ。

男子生徒はもちろん、悲鳴をあげていた女子生徒ですら、女教師が放つ色っぽい官能美を呆然と見つめている。

「ンフッ……んふんっ」

麻美は裸体をくねらせ、鼻奥から甘ったるい吐息を漏らす。目もとはもうぼんやりとピンク色に染まって、黒目がちな瞳がうつろげに宙を見つめて妖しく濡れ潤んでいる。

緊迫した静寂のなか、ねちゃ、ねちゃねちゃという深い口づけの音と、クチュクチュという粘膜の音、そして女教師の漏らす「んふんっ」という官能的な喘ぎだけが響いている。

（ん……んんんっ……ハアアアッ……）

全身を指や舌でまさぐられながら、舌と舌をからませ合っていると、うっとりと、とろけるような気持ちで抵抗する気力が剝《は》がれていく。

気がつけば自分からも舌を動かして、あろうことか教え子とネチネチと音を立てた熱いディープキスを交わしてしまっている。

耳たぶを甘嚙みされ、まろやかなヒップも撫でまわされている。

熱い疼きは花蜜となって、ドクッ、ドクッとワレ目からあふれていく。

（だ、だめよ……）

ぼうっと霞がかった頭の中で、必死に理性を保とうとしたときだった。

マングリ返しに近いほど、大きく開脚されていた麻美の排泄の穴に、指の気配を感じた。

「はううっ、だ、だめっ」

麻美はキスから逃れて、拘束された両手を必死に動かした。

教え子の誰かの指が、小さなおちょぼ口をぐりぐりといじっている。

「あ……あ……あう……よ、よしてっ……よしなさいっ」

あまりの衝撃に、麻美はカアッと頰を赤らめて狼狽えた。

まさかお尻の穴まで狙われるとは、本当に教え子なのか……いや、本当は教え子たちの仮面をかぶった悪魔ではないのか。

バンザイされられたまま荒縄で縛られた両の手をさかんに閉じたり開いたりするが、もちろんおぞましさは消え去らない。

「ああ……やめて……やめて……お、お尻なんてっ、そんなところ……汚いっ……ああ、お願い、あなたたち……あぁあっ……！」

怯えてキュウとすぼまる肛門が、男子生徒の指で揉みこまれている。

なんともおぞましいのに、妖しい刺激がせりあがってきて、麻美は脂汗を額ににじませる。

「ククク。麻美先生はお尻の穴でも感じるようですねえ」

仁科がうれしそうに叫んだ。

「か、感じてなんかっ……感じてなんかいないわ。気持ち悪いだけよ。ああ、そんなところに指を……お願い。やめさせて」

強がるのだが、そのじつ、いかんともしがたい官能のうねりが尻穴からのぼってくるのも確かだった。

不浄の穴をまさぐられることで、身体中が鋭敏になっていく。

秘穴をぬぷぬぷと指で出し入れされるだけで、とろとろとした花の蜜が垂れこぼれていく。

M字開脚させられた爪先に力が入らず、ぷるぷると震えている。

強烈な快感が全身に波及し、手や足には力が入らない。

花弁は熱く滾りっぱなしで、意識がぼんやりと薄れていく。

「もう、いやっ。いやぁぁっ、やめてっ」

拒絶した言葉とは裏腹に、麻美は骨の髄まで官能に痺れきって、なんとかぎりぎりまで愉悦の声を噛み殺すのが精一杯だ。

性の知識の少ない女子生徒でも、女教師のその状態が、いつでも男を受け入れる欲情の昂りだということがわかる。

「ククッ……これがキミたちを守ってくれる正義の教師のなれの果てさ。でも、しょうがないんだよ、キミたち。先生といえども、一匹の成熟した牝であることには変わりない。こうして愛撫をすれば、キミたちよりも快楽を取るのは当然のことなのだ」

一縷《いちる》の望みとあがめていた美しい女教師の痴態に、生徒はうつむき、グスグスとしゃくりあげている者までいる。それを見ながら、仁科は勝ち誇った気分でニヤニヤと笑みをこぼす。

「見ないで……ああ……先生を見ないで……」

麻美は必死にそれだけを伝えるのだが、愛撫が再び活発になると、

「あううう……ううんっ……んふンッ……」

と、生々しい呻き声を放ってしまう。

「もうイキたいんでしょう、白石先生？　身体が壊れてしまいますよ」

仁科が近づいてきて、見下ろしながら囁く。

麻美は弱々しくも首を横に振った。

「うう……ち、違う……うう……」

（だめっ……負けてはだめよ……女子生徒が、こんな卑劣な男に種づけされてしまう……そんなの、だめっ）

肉欲と理性のせめぎ合いのなかで、麻美は正気を保とうと必死だ。

だがそんな女教師の矜持《きょうじ》を粉々にしようと、教え子たちは口や舌で鼠径部から媚肉までを舌で舐めあげた。

「くううぅ！」

麻美は白い顎をせりあげた。

花弁はもうジクジクと疼きっぱなしで、揉みしだかれる乳首はもげそうなほどに屹立している。

「達しまいとガマンするその表情がたまりませんよ。だが、快楽に溺れてしまう麻美先生の顔も見てみたい……ククク」

言いながら足のほうにまわった仁科は、男子生徒をどかすと指をヒップのワレ目に忍びこませる。

「いやああ！」

仁科の指が再び肛門をとらえた。

ゆるゆるとまるで焦らすように、菊穴の表面をなぞりあげてくる。

「ああっ……いやっ……いやです……あううう……」

だが、ゾッとするようなおぞましい部分を愛撫されているというのに、こらえきれぬほどの妖しい興奮がこみあげてきてしまう。

(あああ……どうしてっ、どうしてなの！)

両手を縛られ、しかもM字開脚で下腹部をまる出しにされて、生徒たちの前で見世物のようにされ、死なんばかりの恥辱なのは間違いない。

だが自分がみじめだと思えば思うほど、身体の奥の熱い痺れがふくれあがり、もう身体はどうにもならなくなってしまう。

五人……いや、仁科を含めた六人がかりの濃厚な愛撫に、女盛りの身体はもう甘美に痺れきっている。

「フフ。クリトリスがこんなにふくらんで……ほら、いじってあげなさい」

仁科の言葉に、男子生徒がぺろりと真珠を舌腹で舐めあげる。

「ひいいい！」

今までにない悲鳴をあげた女教師は、全身をビクンッと震わせて大きくのけぞった。

「すげえ……白石先生っ……たまんねえぜ。本気汁まであふれてきやがった」

生徒がうれしそうに言う。

続けざま、ほかの生徒も口を開く。

「へへ。尻穴までびっしょりだぜ。先生、マゾだったんか」

「そ、そんなこと、言わないでっ。あっ……あっ……だめっ……だめっ……」

見ていた遙香は、

「先生っ、白石先生！」

麻美の瀬戸際の様子を本能的に感じて、あらんかぎりに声を張りあげる。

だが、その声も官能の渦に巻きこまれている麻美には、もう届いていなかった。

花びらに白くこびりついた本気汁を仁科が舐めすくうと、

「あ、あうう……あぅんんん……だめっ……だめっ……こんな……ハアッ……ハアッ……ああっ、あうう」

麻美はもう声も出ないとばかりに、ブルブルと肢体をわななかせる。

指でグチュグチュと膣孔を攪拌《かくはん》され、クリトリスと肉ビラを同時に舐めしゃぶられている。

「いやっ……もう、いやっ……ああんっ……いやっ……いやあああ！」

麻美は大きく目を見開いて、身体をキリキリと震わせる。もう、愉悦を味わうことしか考えられない。

「あぁっ……も、もう……きちゃう……あぁっ……ねえ、ねえっ……」

アクメの前兆に腰が疼き、はしたない台詞が口をついて出る。

「イキたいんですね。なら、きちんと言いなさい。言わないと、ここでやめますよ、麻美先生」

仁科が言う。

ここまで昂ってしまった女体に、その台詞はつらすぎた。

「ああ、イキたいわ……もう、だめっ……もう……もっと……ああんっ……ハア……ハア……お願い。イカせてぇ」

ついに屈服の台詞が口をついて出る。

仁科はニヤリと笑うと、

「フフフ。かわいいですよ、麻美先生」

舌を目一杯伸ばし、包皮を剝かれたクリトリスをねろねろと舐めあげる。

「あああああ！」

麻美は絶叫し、身体をそらして全身を震わせた。

「イクッ……あああ、もう、だめっ……ああん、あああん……イッ、イクゥゥゥ！」

腰をガクンガクンとうねらせて、麻美は肉悦の波に身体を委《ゆだ》ねていく。

やがて、ぎりぎりと緊張していた裸体は、糸が切れたマリオネットのように、がっくりと弛緩するのだった。

第三章　ロリ顔少女中出しレイプ

1

籠城から三時間が経《た》っていた。

——だめです。金属探知機には引っかかりません。

校舎から少し離れたところにある、対テロリスト装甲車の中で、今回の事件の総責任者の但馬《たじま》は、潜入班からの無線を聞いて肩を落とした。

「ということは、プラスチック爆弾か」

無線の相手に聞く。

——おそらくそうです。しかも巧妙にしかけられていて、見つけるのはかなり困難と思います。

「わかった。いったん、校舎から離れてくれ。恐ろしく鼻の利く男だ。くれぐれも注意しろ」

――了解。

無線を切って、但馬がふうとひと息つくと、交渉係の和田が入ってきた。

「やはり……爆弾のありかはわかりませんでしたか」

「ああ。しかし、まさか赤《あか》い解放軍《かいほうぐん》の生き残りがこんなところにいたとはな。信じられん」

赤い解放軍は、今から二十年ほど前、世界各地でテロを予告した活動家たちの集団の名前である。

彼らのテロ計画は未然に防がれて、ほとんど全員が逮捕されたと聞いていた。

今回、仁科の家をガサ入れしたことで、生き残りだとわかったのだ。

「しかし、中の様子がもう少し見えたら……あのカーテンの隙間からのぞくことは、難しいのか」

但馬は和田に訊いた。

「難しいですね。おそらくガムテープかなにかでぴったりと封をされています。しかも、あの裸の少女たち……おそらくあれを見せたのは、突撃も射殺も難しいぞ、という仁科のメッセージでしょう」

「まあ、そうだな……しかし、なんでヤツは理科教師なんかに……それで今回の籠城の目的はなんなんだ。生徒との楽しい思い出って……まさか全員を道連れに死ぬつもりなのでは……」

「銃声は一発だけです。その前に二発、銃声が聞こえたという証言があります。ただスコープで教室内を見たかぎり、パニックになっている様子はなかったそうで」

和田が答える。

「ふうむ……連絡は、こちらからはまずいか」

「電話したことがあまり気に入らないようでした。飄々《ひょうひょう》とした受け答えですが、キレやすいような印象です。やはり食事の差し入れ。この時間を狙ったほうがいいと思います。ヤツが食べ物を要求する可能性は大いにあります」

「わかった。屋上の連中にも、注意するように伝えてくれ」

「承知しました」

和田が行ってしまうと、但馬はテロの様子を映しているワイドショーを見ながら歯ぎしりをした。

最初はいち教師の立てこもりだと聞いて、それほど難しい事件ではないと思っていた。だが……ヤツは教師というレベルをはるかに超えている。

長期戦になるかもしれないと、但馬は画面を見つめて腹をくった。

その頃——。

教え子たちと仁科の凌辱によって、望まぬアクメをさせられた麻美は、憔悴しきった肢体を実験台から降ろされ、後ろ手に手錠をハメられた。

実験室はカーテンで閉じられたため、肉の盾になっていた女子高生たちは、いったんその任を解かれて、部屋の隅に集められて座らされていた。

三年C組の生徒たちは、人質となって三時間が経とうとしていた。

たった三時間だが、生徒たちには変化が現れている。

奴隷となった十五名の女子と教師の麻美は、素っ裸に後ろ手の手錠をハメられたまま疲労困憊《ひろうこんぱい》だった。

特に麻美は……生徒を守るという凛とした勇ましさは影を潜め、恥ずかしさと後ろめたさで顔をそむけて啜り泣いている。

その中で、神岡紗良、早坂凛、新藤愛花、そして相沢遙香は、まだ制服を脱がされてはいなかった。だが、裸に剝かれたほかの女子生徒たちは、それをうらやましいとは思っていない。おそらく、自分たち以上の辱めを受けるのだろうと、気の毒そうな目で見つめている。

嫉妬の対象となっているのは、女子生徒の中で唯一、奴隷をまぬがれた眼鏡の文学少女、真希である。

彼女だけは手錠もハメられず、比較的自由を与えられている。

真希は先ほどから親友の遥香に寄り添い、ずっとうつむいたまま震えていた。自分だけがなぜ……仁科に訊きたいが、そんな怖いことはできないと思っている。

そして男子生徒。

こちらは女子生徒とは対照的に、嬉々として奴隷を見張る看守役を務めていた。先ほど、美しい女教師、麻美を好きなようにしたことで、仁科についていけばもっとオイシイおこぼれに合うのではないかと目を血走らせている。

最初は男子生徒たちも取り繕ってはいた。

だが、こうした事態を取りまとめる、正義感あふれるリーダーである岩井と田村が銃によって負傷し、いまだ立ちあがれないことで、男子たちは理性を失ってしまったのだった。

「さあてと、ゲームに勝った私は、この中からひとりの女子生徒に種づけできる権利を得た。誰か私の子を孕みたいという子はいるかね」

仁科の言葉に女子生徒が震えあがるなか、ひとりの子と目が合った。

ギャルっぽいメイクだが、じつはそれは小学生のような童顔を隠すためであり、小柄で低身長なところも、ロリータめいた雰囲気がある……そんな彼女……。

「新藤愛花くん……ククク……いまさら目を逸らしてもだめだ。こっちに来たまえ」

仁科が腕を取り、制服姿の愛花を立たせる。

「いやっ、やめてぇ！」

舌っ足らずなアニメ声まで少女のようだ。

アイメイクをしてもそのまるっこい、黒目がちな大きな双眸が、童顔であることを隠せない。とはいえ、長い睫毛を瞬かせてつらそうな表情を見せるときは、女子高生の健康的な色気を見せるときもある。

いたいけな少女を犯すような、異常な興奮が仁科を奮い立たせている。

「いやあああっ、愛花さんっ」

紗良をはじめとした女子生徒たちが叫んだ。憔悴しきっていても、目の前で同級生が卑劣な毒牙にかかるのを放ってはおけない。

仁科はそんな女子生徒たちを見て言う。

「看守たち、奴隷を見張りたまえ。役割を果たさないと、小林くんは躊躇なく引き金を引くよ」

仁科が顎でしゃくった先……小林は薄気味悪い笑みを漏らして同級生たちに銃口を向けている。

慌てた男子生徒たちが、女子生徒たちを取り囲んだ。

「ククくっ。いいぞ。キミたちにはあとで特別ボーナスをやろう」

すでに美人教師の身体を存分に堪能していた男子たちは、それを聞いて、いやらしい笑みを漏らす。

――もう、どうせ普通の学園生活は戻れないんだ。

――だったら、この機に乗じて好きだったクラスメイトにイタズラをしたい。

そんな不埒なことを考えるものまでいて、すでに男子は一枚岩になっている。

女子たちはそんな男子の姿を見て、みなで身体を寄せ合い怯えていた。

仁科は後ろ手に手錠をかけられた愛花をつかみ、実験台の端に座らせた。

「そのまま動くんじゃないよ……しかし、キミは幼いねえ。なんだかイケナイことをしている気分になるよ」

丸顔でツインテールをしているから、よけいにロリータの雰囲気が強調されてしまうのだ。

さらにはこの制服に隠された華奢な肉体も、ほかの女子生徒と比べると少しばかり幼く見えてしまう。

「どうれ……」

仁科の手が愛花のグレーのニットをまくりあげ、下に着た白いブラウスのボタンをはずしていく。

「いやっ、触らないでよぉ」

抗う声も甘ったるく、それでいて舌足らずなアニメ声なものだから、仁科も妙な興奮を覚えてしまう。

水色のブラジャーに包まれた小ぶりの乳房がかわいらしい。

「ふうむ。ブラジャーは子どもっぽいんだねえ。小さなおっぱいも悪くない」

仁科がブラジャーをたくしあげる。

「いやっ」

愛花がまっ赤になって逃げようと身をよじる。

後ろ手に拘束された手錠がジャラジャラと音を立てる。

仁科はすかさず背中に手をまわし、愛花の身体を支えながら、ぷっくりしたおっぱいを見つめた。

まるくふくらんだ乳房はお椀のような形のよい美乳だった。

乳輪も乳首も透き通るようなピンク色。

白い球体の頂点に、小さなグミが乗っているみたいだ。

「キレイなおっぱいじゃないか。やっぱり処女なんだな。紗良くんとつるんで大人っぽく見せているが、本当はウブなんだろう？」

仁科は肩を抱きながら、乳房をつかんだ。

「いやあああっん……」

羞恥と緊張を感じてか、愛花が身をすくめる。

「フフ。弾力がすごいな。まだふくらみかけという気もする。スリーサイズはいくつかね」

「ああん……し、知らないわ！」

愛花は恥じらい、ぶるぶると顔を横に振る。

「そんなわけないだろう。体重が何グラム減った、で喜ぶ乙女なお年頃だろう。言わないと、頭が吹っ飛ぶが」

仁科が脅すと、愛花は震えてうつむきながら、

「な、七十六、五十四、八十……」

と、消えそうな声でぽつりとつぶやく。

「ほお、ずいぶんスレンダーだな。幼児体形かと思ったら、意外とメリハリがあるじゃないか。よし。手錠をはずしてやるから、足を開きたまえ」

「えっ……」

「早く」

仁科は置いていたライフルに手をかける。

「ひっ……いやっ……あああ……」

愛花はぶるぶると震えながら、細い両足を左右に開いていく。

後ろ手の手錠をはずされたので、愛花は台に両手をつき、身体を支えながらのM字開脚をする。

ミニスカートがまくれて、パンチラ防止用の黒いペチパンツがあらわになる。

仁科は手をさし入れ、それを剝いてしまうと、ブラジャーとおそろいの水色のパンティが現れた。

ヒップから太ももへの厚みには、女らしいまるみも感じるものの、まだムッチリと

いう成熟さにはほど遠い。鼠径部のくぼみがくっきりと現れていて、それがいたいけな少女のような妄想を抱かせる。

「フフフ……細いなあ。私にロリータ趣味はないが、妖しい気分になるよ。ランドセルまで似合いそうだな」

仁科がパンティに手をかけ、するすると剝いていく。

「いやあ！」

愛花が足を閉じた。だが仁科がじっと見つめていると、やがてグズグズとしゃくりながらも顔をそむけ、ご開帳する。

恥毛は薄く、ほぼパイパンだった。

薄いピンクの陰唇はもう少女そのものだ。瑞々《みずみず》しい色合いの花びらと、その内部にうごめく小さな媚肉の愛らしさが、大人の女性にはない蒼い魅力を伝えてくる。

「こりゃあ、オナニーもしたことなさそうだな。ここをいじったことはあるかい」

仁科の指が小さなワレ目をなぞり立てた。

「ンッ……い、いやっ……な、ないわ」

言いながら、愛花はゾクッとした震えを感じた。

シャワーなどでアソコを洗うときに、身体の芯から熱く疼いて震えてしまう、あのイケナイ感覚が身体の内側から押し寄せてきたのだ。

「おお、感度はいいみたいだな。キミも台の上で四つん這いになりたまえ」

「ああん、そ、そんな……い、いやっ……いやあぁん」

愛花はちらりとまわりを見た。

男子生徒たちがギラギラした目で見つめている。

(ああん……男子たちって、こんなにエロかったんだ……バカみたい……)

消えたくなるほど恥ずかしい。だが、仁科に肩をつかまれると、とたんに怖くなって従ってしまう。

(あああん……恥ずかしいよぉ……)

先ほど麻美や紗良が辱められているとき、自分だけはあんなふうにされたくないと思った。

だが今、まさに自分がその立場だ。

ギャルメイクで大人ぶってはいたが、じつはオナニーも知らないウブな愛花は、燃えるような恥辱を感じながらも、台の上で四つん這いになった。

（ああん……こんなに、こんなに恥ずかしいなんてぇ……）

顔をうつむかせて、手足をブルブルと震わせる。

ツインテールが垂れ、愛花はあまりの羞恥に目を閉じる。

「新藤さん！」

「愛花さん……」

「愛花ッ！」

女子生徒たちからの悲鳴があがるが、小林がライフル銃でそれを制する。

仁科は小林の働きにニンマリしつつ、愛花のヒップに顔を近づける。

「ほお、お尻はわりと大きいな。そのまま台の上に顔をつけたまえ」

（く……くうう）

唇を噛みしめながらも、冷たい台にこめかみをつける。

その格好だと、自然にお尻が高くなってしまう。赤いチェック柄のプリーツミニスカートはもう腰までまくれて、まるいヒップがまる見えだ。

（ああ……あああン……いやぁん）

背後から、粘っこい視線を感じる。

後ろからのぞかれていると思うと、顔から火が出るほど恥ずかしい。

愛花は片手をお尻まで伸ばしてミニの裾を引っぱり、幼く見える女子高生の秘部を隠そうとする。

だが、そんな手は簡単に仁科によってはねのけられる。

「フフ。隠すことはない。かわいいヒップじゃないか。おま×こもキレイだ」

四つん這いになった尻の狭間《はざま》に、仁科の手が伸びてきた。

「あっ……いやっ、だめえっ……」

愛花は肩越しに叫んだ。

尻たぶをグイッと左右にひろげられた。

小ぶりの大陰唇どころか花びらも開かされて、ピンクの粘膜があらわになる。

それだけではない。絶対に見せたくないお尻の穴も、確実に開かされてしまっている。

「ああーっ……」

愛花は震えながら、恥辱に叫んだ。

恥ずかしいと腰を動かそうとしても、仁科に腰を持たれている。

「じっとしていろと言ったよね。動いたらどうなるかわかっているかな、愛花くん」

「ああ……あああ……」

愛花は目を閉じた。身体がガクガクと震えるのがとまらない。

「ふうむ。おま×この穴がずいぶん小さいな。だが、感度は悪くなさそうだな」

「あっ……あっ……」

なにも考えずにいようと思っても、声が漏れてしまう。

愛花は歯を食いしばった。そのときだ。

亀裂の上部……小さな豆をちょんとつつかれたときに、腰がくだけるほどの電気を感じた。

「あぅぅ！」

愛花は顎をせりあげて、逃げようとして四つん這いを崩してしまう。

仰向けのままに、仁科に覆いかぶさられて、小ぶりの乳房を左右両方とも、やわやわと揉まれた。

「だめぇぇ！」

仁科の汚らしい指で揉まれているのに、乳頭がズキズキと痺れる。

続けざま、とがった乳首を仁科に舐めしゃぶられる。

「やぁぁんッ……」

その気色悪さといったら、おぞましくて失神しそうだった。

仁科の汚らしい口で乳首を舐められたのだ。

だが舌でねろねろと舐めしゃぶられると、いやだという気持ちとともに、ジクジクとした掻痒感《そうよう》が身体の奥に湧いてくる。

「あっ……あぅぅぅ……ンンぅ」

出したくもないのに、いやらしい声が漏れてしまう。

しかも乳首の疼きは全身にひろがっていて、腰がビクンッと動いてしまうのもとめられない。

「ククッ。幼いのにやっぱり身体の感度はいいんだな。これは将来が楽しみだぞ」

仁科は不気味に笑うと、ほとんど無毛の恥丘の下を指でまさぐってきた。

2

「あっ……」

もどかしいほどの気持ちよさが腰から響いてきて、愛花は台の上で仰向けにされたまま、かわいらしいまるい顎をはねあげる。

その反応に気をよくしたのか、仁科はニヤニヤしながら、愛花の小さな膣孔を探り当てて、指をぐっと押しこんでくる。

「いやっ、いやぁン」

愛花が手を伸ばして抗う間も与えられず、異物が内部に侵入してくる。

（あああッ……な、なに、これぇ……）

太い指が媚肉をえぐると、驚いて膣が収縮して指を食いしめてしまう。

「あうっ……んんっ……」

仁科の指が奥まで貫かれると、嵌入感《かんにゅう》に身体の力が抜け、悩ましいほどに身をよじらせてしまう。

さらに指を奥に入れられて、ゆっくりと出し入れされると、肉襞がこすれて身体の奥が痺れ、目の奥がぼうっとして、身体がカアッと熱くなる。

仁科の愛撫によって、愛花のまるっこい双眸は、今はとろんととろけて、目尻にも上気した赤みがさしこんでいた。

（ああン……どうしてッ……）

みんなに見られている。

恥ずかしいし、おぞましいかぎりだ。

それなのに処女の女子高生は、すでに甘美な刺激を受け入れるよう成長しており、こんな状況でも身体が反応してしまう。

いや、まだつぼみだからこそ快楽に関しては無防備なのだ。

「おま×こが小さいわりに、ぐあいはいいな。吸いついてくるぞ」

仁科の指が抜かれた。

内部を攪拌していた忌み嫌うものなのに、抜かれると先ほどより強く疼いてくる。腰がせつなくて、もどかしいのだ。

「ふうむ。どれどれ」

そんなふうにじれったいばかりのときに、股間に顔を近づけられてしまう。

「いやぁぁん」

じっくりと見られている。足を閉じようとしたが、力が入らない。

逆に仁科の手で太ももを大きく開かされて、台の上で押さえつけられてしまう。

「おお……濡れてるんじゃないか」

言われて、愛花はハッとした。

指を入れられ、いじくられたとき、腰のあたりに力が入らなくなって、アソコがやけに熱くなっていたからだ。

「な、なにを言ってるのっ。あ、あんたみたいなヤツに触られて、濡れるわけなんかないもんッ」

愛花はカアッと紅潮した顔で、股の間にいる仁科を睨みつける。

「嘘じゃないぞ。ほら」

仁科が顔を亀裂に近づける。ぬるりとした感触に、愛花は腰を蠢かす。

なめくじのような、ぬらつくものがアソコに触れた。

仁科の舌だ。ゾッとするような悪寒が背すじを駆け抜ける。

しかし、敏感な媚肉をねろねろと舐めしゃぶられていると、今まで経験したことのない、とろけるような快美がひろがっていき、

「ハア……ハア……いやぁぁん……ああっ……いやン……」

と、甘い吐息を漏らしてしまう。

仁科の舌は処女の性感を探り当てて、未開発の官能を刺激してきた。

「あっ……あっ……」

愛花はいつしか大きく背をのけぞらせて、舌の動きに合わせて腰をうねらせてしまっている。

奥からは新鮮な処女蜜があふれ、いじくられると、ネチネチというはしたない淫音

までが股間から立ちのぼってくる。

「フフ。ほうら……どうだ」

仁科が顔をあげて見つめてきても、愛花は答えることができないほど感じまくっていた。

愛花の変化を感じ取った仁科は、舌を使って彼女の陰核の包皮を剝き取ると、可憐な真珠のようなクリトリスをねろりと舐めた。

「あああッ。あぁ……ハア……ハア……だ、だめぇっ……ン。あああっ……だめっ……ああ、ンンッ」

(あアン、な、なに、これ……)

ツンとした疼きが下肢を痺れさせて、愛花はヒップをせりあげてしまう。

クリトリスが感じることは知っていた。

でも、これほどまでとは思っていなかった……。

急激に女にさせられていく感覚に愛花は戸惑い、それでも無理やりに感じさせられてしまう。

しかし、クリトリスへの責めはこれでは終わらない。

仁科は愛花のクリトリスに唇を押しつけて、チュゥウウウゥゥと吸引する。

「はああ、いやっ、ああんっ、いやっ……んぁ……ああ……はああん……」

痛烈な刺激に頭の中が一瞬、まっ白になった。

身体の奥から電流のような快感が四肢をめぐり、腰がとろけて、なにも考えられなくなっていく。

「ククッ。気持ちいいんでしょう？」

反応に気をよくした仁科は、愛花の敏感な肉芽をねろねろと舐めしゃぶり、ちゅるるると吸引をくり返した。すると、

「あ、ああ……もう、もう、す、吸わないでッ……いやああんッ」

愛花は甲高い声を漏らして何度も身をよじらせる。

「いい反応だ。合格だよ。キミには私の子を孕ます機会を与えよう」

仁科がファスナーを下げて、勃起した性器を取り出した。

「いやっ」

「ひいっ」

女子生徒たちが怯えた声を放つ。

「愛花さんっ」

麻美や遙香が立ちあがろうとする。

ついにクラスメイトが、あのマッドサイエンティストの仁科の毒牙にかかってしまうのだ。

だが、小林の銃口は真希に向かう。

こうなっては、正義感の強いふたりはなにもできなくなる。

「卑怯よ」

「やるんなら、私をやりなさい！」

ふたりの毅然とした態度に、仁科は笑う。

「もちろん、あなたたちにも、たっぷりと子種をさしあげるつもりですよ。そのまえに、まずこの子だ。いたいけな少女に種づけをするみたいで興奮しますねぇ」

「だっ、だめぇ！」

愛花は台の上で引き攣った声を漏らし、起きあがろうとする。

だが仁科がすばやく覆いかぶさって、無理やりに愛花の足を開かせる。

開脚させられた愛花は、恥丘にごつごつした男の先端が当たるのを感じた。

レイプされる……。

愛花は必死に抵抗する。

「動くなっ。いいからじっとしてろ。動くと痛いぞ。いいか！」

だが、恫喝《どうかつ》されると愛花は暴れるのをやめ、涙で濡れた顔を横に振りたくる。

「いやぁっ、やあっ」

「怖いのは今だけだよ、愛花くん。ククク……」

亀頭が秘裂にくっついて、上へ下へとなぞられる。

その尖端がぴたりととまった。

愛花の処女穴をとらえたのだ。

グッと押しこめられて息がつまった。

「ほうら、おま×こに入っていくよ。最初の男は私になるんだよ」

ググッと圧迫されて、狭い穴が大きくひろげられていく。

「いやぁぁあっ。ああん、い、痛いッ……」

「しっかり濡れてるから、身体の力を抜けば大丈夫だ」

次の瞬間、メリメリと音を立てて、身体の中に男の生殖器が入ってきた。

「いやぁぁ！」

穴がひろがる痛みで、愛花は顔をしかめる。

なにかが切れたような音がして、次の瞬間、ぬるりと奥まで屹立が侵入した。愛花の透明な愛液にわずかに鮮血の赤が混じって垂れこぼれる。

「い、いやぁぁぁっ。い、い……入れないで……あああっ……あぁっ……」

愛花は腰を浮かせ、激しく背をのけぞらせる。

ついに処女を奪われ、犯されたというのに、痛みと同時に待ちかねたような肉のざわめきが起こって、少女は激しく狼狽した。

(ああン……犯されてるのに……そんな……だめっ……ああっ、だめっ)

愛花の頬に涙が伝わる。

痛みはかなり強い。

なのに、身体の中が熱くうねっている。

まわりの男子生徒たちが食い入るように見つめている。

対照的に女子生徒はうつむき、中には啜り泣いている者もいる。

「クク……たまらんな。キュッと締まったぞ。もうチ×ポの味がわかったのか。もっと、お尻の穴を締めてごらん」

仁科が少女に言い聞かせるように、猫なで声で言う。

だがそんなことを言われても、愛花はどうしたらいいのかわからない。

痛み、そして忌まわしい熱いうねりが、処女であった少女の中で渦を巻いている。

愛花は必死に喘ぎ声だけでも出すまいと、ツインテールの髪を振り乱すほどかぶりを振って、イヤイヤする。

仁科はニヤリと笑い、親指を恥部の上に持ってくる。

結合部位のさらに上だ。

触れられて、ビクッと愛花の身体が震えた。

（いやあん、またクリトリス！）

挿入されながら、もっとも弱い部分をいじくられる。

「あはぁん……いやッ、やめてッ。ああんッ」

敏感な豆をくすぐるように指でいじられると、その痺れるような気持ちよさが膣に伝わって、キュッ、キュッと亀頭を締めてしまう。

「おおう、素晴らしい」

仁科が歓喜の声を漏らし、腰を送った。

「あうぅん！」

愛花はさらに顎をせりあげる。

「クク……これは気持ちいい……おま×こがぴったりと吸いついてくる……ククッ。とてもはじめてとは思えないねえ」

仁科が笑いながら、腰を前後に振ってくる。

「あん……あっ、ああ!」

ズブッ、ズブッと逞《たくま》しいモノを出し入れされ、痛みと快楽の混ざった、なんとも言えぬ快楽が迫ってくる。

仁科の腰の動きが激しさを増す。

愛花の汗ばんだ華奢な肢体を揺らして、小ぶりのおっぱいが微妙に揺れる。

「すごい締まりだ。たまりませんよ」

ぬめる少女のピンクの肌に、自分の肌を押しつけるように抱きしめ、とがりきった乳首を指でいじくりながら、甘い呼気を漏らす少女の唇に、唇を押しつけてくる。

「ムゥゥゥ!」

処女だけでなく、ファーストキスも奪われてしまった衝撃に、愛花は大きな目を見開いた。

ぬめる舌で唇を割られて、舌を口内に侵入されてしまう。

おぞましい教師の舌が、愛花の歯茎や頬粘膜を舐めあげる。

さらには強引に舌もからませられて、ピチャピチャと唾液の音が立つ。

(ああン……いやあ……いやぁ……)

卑劣な教師とのディープキスは、吐き気がするほどの嫌悪感だ。

なのに、息も苦しいまでの濃厚な口づけが少女の頭を痺れさせ、快感を与えている
のも確かだった。

「ククク。キスでとろけたか……おお、いいぞ！」

仁科はキスをほどいて歓喜に震えた。

やわらかい媚肉がペニスを包みこみ、小さい肉壺は妖しい収縮をくり返しはじめた
からだった。

もとより小ぶりの処女マンコだったのだ。

さらにキツく食いしめられると、得もいわれぬ快感が押し寄せてくる。

「たまりませんよ。おおっ、おおお！」

じゅぷっ、ぬぷぷ、と巨根が出し入れされる。

「あああん……もういやっ、いやあん」

愛花は実験台で正常位のまま貫かれている。

もう生徒たちが見ていることも気にできず、眉をひそめ、愛花は何度も細顎をせり
あげる。

「クク。感じてきましたねえ」

仁科が顔をのぞきこんで、ニタニタと笑う。

その刹那、お尻の穴に指が触れるのを感じた。

「ンアアッ。いやあぁんッ……やめてッ……ヤッ、やああん」

指がヌニュッと深く食いこんできた。排泄の穴で指が出たり入ったりをくり返している。おぞましくて、ヒップの力が抜ける。

そのぶんだけ、おま×こがギュウッと締る。

「うっ……うう……アアアン」

声を出すまいと必死なのに、あふれる嬌声をこらえられない。

だがガマンすればするほど、肉竿の摩擦による快楽を感じてしまい、口惜しさと恥ずかしさが薄れていってしまう。

「ああ……アアッ、ああんっ、いやあああん」

「おお、いい声だ。いいですよ」

仁科が興奮ぎみに肉棒をピストンさせると、愛花はついに桃尻をせがむように揺すりはじめた。

自分から腰を動かしはじめた愛花の悩ましい官能美に、男子生徒たちは食い入るように見つめて股間をふくらませている。

「おうう、たまりませんよ。さあ、子種をたっぷりと注いであげますよ……おま×この奥に、私の濃厚なザーメンをね」

その言葉に、愛花はハッと目を見開いた。

「いやああん。だめえ……いやっ。中になんて……だ、出さないでっ。いやぁぁ」

中出しされる……。

レイプされ、ぼろぼろにされた今も、それだけはいやだった。

だが——。

「ククッ。もう遅いっ……ほらっ……いきますよ。孕みなさいッ」

「いやぁぁ!」

愛花は叫んだ。

女子生徒たちが顔をそむける。

膣内を埋めつくした仁科の勃起がいきなり暴発した。

「ひゃああ……ああン……いやぁぁぁんッ」

子宮口に熱い精汁が、どぴゅっとくり返しかかるのを感じた。粘っこい体液がじわあっと染み入ってくる、不気味なまでの感触を覚える。

（中に……出され……いやあああ）

「くううう、おおお」

仁科は咆哮し、腰を突き出して最後の一滴までも注ぎこむ。

「あうぅぅぅ！」

熱い子種を子宮に浴びて、少女は歓喜の叫びを漏らし、ガクン、ガクンと腰を痙攣させた。

やがて、すべてを出し終えた仁科が、ずるりとペニスを引き抜いた。

膣口からはどろりと白くて赤い、血の混じった粘性のザーメンがこぼれ落ちる。

「う……ああ……」

3

中出しを受けた愛花は目がうつろだ。

制服をまくりあげられ、汗ばんだ小ぶりのおっぱいをさらけ出し、ミニスカートがまくれて見えているまる出しの下腹部から、男の白い精液がこぼれている。

愛花が少女のように幼いだけに、なんとも無残な光景だった。

女子たちの啜り泣きが大きくなっていた。

ついにクラスメイトのひとりが目の前でレイプ……しかも、処女を奪われてしまったのだ。絶望は大きかった。

愛花も素っ裸にされ、後ろ手に手錠をハメられた。

これで服を着たままなのは、お嬢様の神岡紗良、スタイルのいい平坂凜、クラス委員の相沢遙香、そして特別待遇の小宮山真希だけだ。

そのうちのひとり、神岡紗良がしゃがんだまま、モジモジしはじめたのを、仁科がめざとく見つけた。

「どうしたね、紗良くん。落ち着かないようだが……」

仁科が訊く。

「な、なんでもないわッ」

紗良はエキゾチックな美貌をツンとそらした。

先ほど、クラスメイトたちの前でフェラチオをさせられ、さらには仁科の精液を飲まされた。それでもこの勝ち気な態度だ。仁科はニヤリと笑う。

「ククッ……おしっこをしたくなったんでしょう。そろそろそういう子が現れる頃だ」

ズバリ言い当てられた紗良は、カアッと頬を赤らめて顔をそむける。

さらさらの栗毛が、顔にしだ垂れかかっている。隙間から見える相貌がまっ赤に染まっている。

「よおし……今度はキミを使って、女性の排尿の仕組みを男子生徒たちに教えてあげよう。服を脱ぎたまえ。ブラジャーとパンティだけになるんだ。首もとのリボンとソックスはそのままでいい」

「なっ……」

ふざけないで、と叫ぼうとする前に、銃口を向けた。

「まだわかってないようだねえ。奴隷の中で最下層はキミなんだよ。死亡者の第一号は今のところキミの確率が高い。さっきも言っただろう。フェラチオしたくらいではまだまだ私は満足できないのだよ」

紗良の額面が蒼白になった。

ククッと、仁科は意地悪そうな笑いを漏らす。

「キミには排泄排尿の自由すらない。ほかの奴隷には隅っこにバケツで簡易トイレをつくってやろう。さあ、この台にあがって、おしっこをしたまえ」

「ど、どうしてよ……どうして、私ばっかり……」

恨みごとを口にしながらも、ついにお嬢様は屈服し、立ちあがってグレーのニットを脱ぎ、白いブラウスのボタンをはずしはじめる。

性格は最悪だが、ハーフと見紛う彫りの深い美貌と、発育のよさがセクシャルな女子高校生だ。

ロリータ美少女の次は、成熟したナイスバディの美少女がストリップをはじめている。男子生徒はもう犯罪だろうが人質だろうがかまわずに、ハアハアと荒い息をして見つめている。

「うう……くうう……」

紗良の勝ち気の美貌が、羞恥に強張っている。

クラスメイトたちの前で自分からヌードになり、さらには排尿までしなければならないのだ。もう生きた心地もしないだろう。

紗良の全身から甘酸っぱい、蒸れた汗と柔肌の匂いを感じた。女子高生とは思えぬ、悩ましい馥郁《ふくいく》たる香りだ。

「うう……殺してやる……あんたなんか……」

紗良は悲痛な呻きをこぼしつつ、ブラウスとミニスカートを落とした。

とたんに教室の雰囲気が変わった。

薄ピンクのランジェリーに包まれた紗良の肢体が、あまりにいやらしかったからだ。

バストはブラジャーからこぼれんばかり。

細腰からヒップにかけての稜線は、男子生徒がヨダレを垂れこぼすほどに悩ましく、もう見ているだけでむしゃぶりつきたくなるほどだ。

「しかし、キミは発育がいいねえ。こっちへ来て台にあがりたまえ。看守の……その三人、彼女を四つん這いにして押さえつけるんだ」

男たちは顔を見合わせるも、笑みも隠さずに紗良を取り囲んで、台の上でうつ伏せにさせ、両の手を片方ずつ押さえつける。

さらに、もうひとりが紗良の腰を持ってぐいと引き寄せる。

「ああっ……いやああ！」

生徒たちがいる場所に向かって、紗良はヒップを掲げられる。

薄ピンクのパンティから、尻肉がハミ出すほどのまるまるとした双尻だ。

「よし、尻をあげたままだぞ」

仁科はそう言いつけると、紗良の汗ばんだパンティに手をかけ、躊躇《ためら》いなく一気にズリ下ろした。

もあっ、と蒸れた匂いが鼻孔をついた。まっ白いむき卵のような、ツルンとしたヒップが目の前にあらわになる。

「あっ……あっ……」

紗良はあまりの羞恥にくぐもった声を漏らす。

「女子高生のくせに、いいケツしてるじゃないか」

お嬢様の大人びた色っぽいナマ尻に、仁科は鼻息を荒くする。

手をまわしてムッチリしたヒップを撫でまわし、まるみを帯びたやわらかな弾力を存分に味わう。

「ムッチリしてたまらんよ。ククク……」

そう言うと仁科はしゃがみこんで、張りつめた尻たぼに手を寄せ、むにゅっと左右に開いてやる。

深い尻割れの奥に、キュッとしぼんだセピア色のアヌスがある。

「い、いやぁぁッ。ど、どこを触っているのよ。へ、ヘンタイッ」

紗良は狼狽し、四つん這いの身体を伸びあがらせる。逃げようと思っても、男子生徒たちがしっかりと両手と腰をつかんでいて抗えない。

「生意気だが、お尻の穴はかわいいねえ、ほら、ひくひくしてる」

恥じらって、すぼまる肛門を指でいじくられると、ガマンしていた力が緩み、尿意がせりあがってくる。

「くうう……いやっ、いやよ。そんなところ触らないで」

肩越しに非難すると、仁科はククッと笑って、指をスッと排泄穴から離した。

「おしっこを早く出してあげようと思ったんだがね。おおそうだ」

仁科は棚からなにかを出してきて、紗良の目の前にちらつかせる。

実験用の三角フラスコだ。台形をしていて、先のほうが細くまるい首になっている。

(な、なに……)

紗良は目を見開いた。

「そ、それを……ど、どうするのよ」

「ククッ」

紗良の問いには答えずに、仁科はまた紗良の持ちあがった尻へとまわる。

ふいに、女性器に冷たいガラスがあてがわれ、紗良はビクンと腰を震わせる。

「あああっ……」

必死にかぶりを振って腰をよじり立てる。間違いない。三角フラスコの口が強引に花びらを開いて押しこまれている。

「いやっ……なにを入れてるのっ。やめて」

「ククク。暴れるとガラスが割れて、大事なおま×こが傷つくよ」

（ガ、ガラス……）

膣口に、割れやすいガラスの口が当てられているのだ。紗良は底知れぬ恐怖を感じて、抵抗するのをやめた。

四つん這いのまま、じっとりと汗が流れ、背すじに冷たいものが走る。

「いい子だ。じっとしてるんだよ」

仁科が手を離すと、透明なガラスの三角フラスコは、紗良の尻から生えた透明な尻《しっ》尾《ぽ》のように見える。

「その中におしっこをしたまえ。ククッ。こぼすなよ。こぼしたら、罰ゲームとしてキミを犯す」

「な、なんですってッ。そんな、いやッ」

紗良はかぶりを振り立てた。

クラスメイトの見ている前で、三角フラスコの中に小水をする。そんなことをしたら、もう人間の尊厳はなくなってしまう。

「いやッ……やめてッ……許してッ……」

さすがの気丈な紗良も、顔をカアッと赤くさせて、か細い声で喋いた。

強張った相貌からは、みるみる血の気が引いていく。

逃げたくとも、先ほどのガラスの脅しが利いていた。

もし、これが膣内で割れたら……。

恐ろしさに、内ももがぷるぷると震える。

下腹部に力を入れてなんとかこらえているものの、先ほどから尿意の波が引いては押し寄せてくる。

「出ませんか。困ったなあ……」

仁科はしゃがみこんで、下から紗良の顔をのぞきこんでくる。

「くうう……」

ますます顔を赤くした紗良が、さっと視線をはずす。

額には脂汗がにじみ、震えがひどくなっている。

「ガマンは身体に毒ですよ。膀胱炎になる」

仁科はまた紗良の後ろにまわりこんで、ライフルの先を尻割れに当てた。

「やめてぇぇぇ！」

「いやぁぁ！」

女子生徒たちの悲鳴があがる。仁科はククッと笑みを漏らす。

「ちょっと刺激を与えるだけですよ。ククッ。もっとも引き金がだいぶ甘くなっているのは確かですがねえ」

銃口が、高々と掲げられたまるいヒップの尻割れをスリスリとこすってくる。

「ひいいいッ。いやあああ」

紗良はもう生きた心地もしない。

怖くてブルブルと震えるも、しかしなぜか身体の奥が熱くなり、ジクジクと膣口が疼いてしまう。

（あっ……）

ブルッと震えた。膣口に当てられた三角フラスコに、たらりと透明な蜜が垂れ落ちる。

「うん？　おやおや、違うものが出てきましたよ。しかし、紗良くんはホントにマゾだなあ。こんな状況でも、いじめられて感じてしまうんだから」

「いやあん、違う……違うのよ……」

紗良は何度もかぶりを振る。

だが、再び銃口がすうっと尻のワレ目をなぞり、小さなおちょぼ口をなぞると、

「ああんっ……」

と、甘い呻き声を漏らし、大きく背をのけぞらせてしまう。

今度は言い訳のしようがない、女の感じてしまった声だった。

紗良はイヤイヤと泣き顔で首を振る。

「ククッ……ほうら、感じてるんでしょう。ガマンしなくていいんですよ」

銃口が排泄穴にぐぐっとめりこんだ。

そのときだった。

「いやあああんッ」

紗良は大きなアーモンドアイをカッと見開いて、腰をガクンガクンと震わせる。

「おお、素晴らしい。一発でイッたな……キミは相当のマゾなんだねえ。うん？」

紗良が頭を台の上に乗せ、突っ伏したそのときだ。

ポタッ、ポタッと滴が三角フラスコの底に水滴が垂れた音がして、すぐにシャーという放尿音とともに、三角フラスコに薄黄色の小水がたまっていく、

「いやッ、いやぁッ、見ないで、見ないでぇぇぇ！」

紗良が悲鳴をあげても、勢いはとまらなかった。

小水はすぐに三角フラスコの容量を超えそうになり、気を利かせた男子生徒がフラスコを右手で押さえた。

しかし排尿の勢いはどんどん増していき、ぷしゃあっと小水がフラスコからあふれ出て、男子生徒の手を汚す。

「うわッ」

「わッ、こっちまで」

紗良を押さえていた男子生徒が飛びのいた。

「いやあああ！」

紗良は台の上で身体をまるめる。三角フラスコが膣口からはずれ、太もものあたりにじわあっと小水のたまりがひろがっていく。

「ああ……ああ……いやッ……もう、いやッ……」

やがて、小水が収まると紗良は突っ伏して泣き出した。

ツンと鼻をつく甘ったるいアンモニア臭が、鼻孔に漂ってくる。

仁科の高笑いが実験室に響いた。

4

「残念だったねえ、フラスコからおしっこがあふれてしまった」

仁科の言葉に、紗良がハッと顔をあげた。

男子生徒たちから太ももについた小水を、タオルやハンカチで拭ってもらっているところだった。

「もう……もう……許して……許してください……」

紗良の美貌が涙で歪む。

しかし、そのつらそうな顔すら、美少女の被虐美を煽っている。

「許すだって？　だめだ。どうせキミはもともと僕にレイプされ、子種を注がれる予定だったのだよ。さあて、看守のふたり、紗良くんを連れてきたまえ。その前にブラジャーもはずしてやりなさい。キミたちも紗良くんのおっぱいが見たいだろう」

ハンカチで太ももを拭っていた男子生徒たちは、美少女のおしっこがついたハンカチを制服のポケットにしまい、ふたりで争うように、紗良の背中に走るブラのホックをはずす。

カップがくたっと緩んで紗良の乳房があらわになる。

「ああんっ、いやっ」

紗良がしゃがみそうになるのを、ふたりの男子生徒が腕をつかんで、ぐいっと上体を起こさせる。

ぷるるんと揺れるおっぱいは重たげなふくらみだが、紗良の性格と同じように乳頭はツンと生意気そうに上向いて、美しい円錐形をたもっている。

生徒たちは紗良の巨乳に目を奪われながら、仁科の前に紗良を引きずってくる。

ふたりの男子生徒は仁科の前まで来ると、

「仁科先生……お、俺たちもさ……」

と、チラチラと紗良に目を走らせながら、仁科に訴える。

仁科はニヤッと口角をあげた。

「慌てるな。キミたちはずっと僕に脅されてるんだ。わかっているだろう。キミたちにはあとでな」

思春期の男子たちは舞いあがった。

「では、引きつづき看守役をよろしく」

その言葉に、男子生徒たちは喜んで持場に戻っていく。

「さあて、いよいよだねえ。お嬢様のキミをずっと犯したいと思っていたんだよ」

仁科は抗う紗良を抱きしめ、床に寝そべらせる。

「いやっ……ああ……許して……」

高慢なお嬢様の顔は見る影もなく、今は弱々しい女子高生だ。

さて、どの体位でいただくか……仁科が考えていたときだった。

「待ってッ。もう、いやっ。やめて！」

麻美が素っ裸で後ろ手に手錠をハメられたまま叫んだ。

小林が銃を向けるのだが、麻美はそれでも叫ぶのをやめない。

「仁科先生、お、お願いよ……私を犯してッ。だから、もう生徒には……生徒には手を出さないで」

懇願する彼女の視界に、ズボンとブリーフを下ろした仁科の、そそり勃った男根があった。

（ああ……）

グロテスクな偉容を見て、麻美は怖気づく。

だが、すでに教え子がひとりレイプされて、中出しまでされているのだ。もう、これ以上はたくさんだ。

麻美は負けるわけにはいかないと自分を奮い立たせ、仁科を睨みつけた。

「クク ッ……いいでしょう。それなら、こちらに来てください。そこの看守、麻美先生の手錠をはずしてあげたまえ。鍵はこれだ」

男子生徒に向けて鍵を投げる。

後ろ手の戒めをはずされた麻美は、生まれたままの姿をさらし、仁科の前に立つ。

仁科は紗良の横に仰向けに寝転ぶと、屹立を握って垂直に立てる。

「ここに跨ってください」

仁科の冷酷な台詞に、身体がカアッと熱くなる。

なんという屈辱だろう。仁科はただ犯すだけでは飽き足らずに、自ら上になれというのである。

「うう……」

麻美は悲痛な叫びで仁科の腰を跨ぐ。

緩やかにウエーブしたミドルレングスの黒髪をかき分け、かぶりを振った。

男子生徒たちの視線が熱い。二十六歳の女教師が犯されるシーンを今か今かと待ち構えている様子だ。

麻美はちらりと下を見た。

続けざまではあっても、仁科のペニスはガチガチに硬く漲っている。

「ククク……さあ、そのましゃがんでくださいよ」

仁科のむごたらしい言葉がかけられる。

麻美は瞼《まぶた》をギュッと閉じながら、腰を落としていく。

豊満なヒップが震えながら下がっていき、形のよいスリットからのぞく赤みがゆっくりと仁科の剛直に近づいていく。

「ああ……いやっ……いやっ……」

麻美は中腰でかぶりを振った。

生徒を守るためとはいえ、学園内で男性教師のひとりと肉の関係を持たされようとしている。

(ああ、一馬さん……ごめんなさい)

麻美は愛する婚約者の名前を胸奥で囁く。

考えるとそれだけ罪悪感が湧くのだが、考えないわけにはいかなった。

穢される……。

それでも生徒のためだ。

深く腰を落としていく。

「おや。ククッ……もう、濡れているな。まあ僕のチ×ポも、愛花くんの破瓜《はか》でぬるぬるしているから大丈夫だと思いますよ」

言われてハッとする。

教え子の処女を奪った肉棒で犯されるのだ……まだ乾ききってない教え子のレイプの残滓《ざんし》が……。

どす黒い肉棒が膣口に触れる。だが、もう逃げられない。

「ううっ……ううっ……」

麻美が噎び泣きつつも、ムッチリと熟れた双尻を沈めていく。

「う、うう……いやぁぁ！」

じわり、じわりと仁科の太幹が埋まってくる。

まわりの男子生徒たちが生唾を飲みこんだ。

「ンムッ……くぅぅ……ハア……ハア……ああんッ」

膣口が限界まで引き伸ばされる。

息のつまるような太く逞しい男のモノに、ひろげられながら突き刺さっていく。

(こ、こんなものが……愛花さんを……)

経験は少ないが、仁科の性器が普通より大きいのはわかる。

濡れた膣は粘膜を守るためか、さらに蜜をあふれさせてその巨根をなんとか咥えこもうとしている。

「ウヒヒ……これが白石麻美先生のおま×こか……おおおっ、たまりませんよ。ほうら、婚約者よりいいでしょう?」

腰を落としきって、ずっぽりとハマった。

結合部の圧迫で、麻美は息も絶えだえにかぶりを横に振った。

「こんなの……あんっ………いやっ、だめえッ」

仁科は下から突き入れて、あまりの気持ちよさにうっとりした目をしている。

(ああ、いやぁ!)

いやなのに、忌み嫌う男のペニスを本能的に膣でギュッと食いしめてしまう。

「うほっ。さすがは二十六歳の成熟したおま×こだ。媚肉がチ×ポを締めてきますよ。き、気持ちいい……」

「そ、そんなことしてないわ……」

「嘘をおっしゃい。クククッ。じゃあ、次は腰を使って僕を気持ちよくさせてください、白石先生」

「くうう……ハア……ハア……い、いやよ……そんなこと……」

生徒たちの前で、騎乗位で犯されているだけでも恥ずかしいのに、自分から腰を振ることなんてできるわけがない。

「ククッ……それじゃあ、紗良くんに手伝ってもらおうか。紗良くん、麻美先生のほうを向いて、僕の顔を跨ぎたまえ」

「えっ……」

呆《ほう》けたような顔でしゃがんでいたお嬢様が、ハッとして仁科を見て、続けて麻美を見つめた。

「ハア……ハア……ああっ、や、約束が……約束が違うわッ。神岡さんには手を出さないと誓ったはずよ」

「ククッ。そうですよ。だから、麻美先生が淫らに腰を振って、私をイカせればいいんです。さすがに続けて三発は無理ですからねえ。紗良くんには顔面騎乗のクンニどまりで許してあげますよ」

下になった仁科が、ニヤリと笑う……。

「あ、あなたという人は……」

こんな卑劣な男と騎乗位でセックスしているなんて、つらすぎてもう逃げ出したい気分だ。

だが仁科に膣外射精をさせれば、紗良も自分も中出しは受けずに時間を稼ぐことができる。

「し、白石先生……」

いつもは勝ち気な紗良の美貌が涙で濡れている。

「だ、大丈夫よ。そんなことしなくても……」

「しなかったら、ズドンです。小林くん」

仁科が言うと、小林が遠くから銃口を向ける。

「こ、小林くんっ、あなた、どうしてそんなこと……」

「面白いからですよ。死は生の対極としてではなく、その一部として存在している。名言でしょう？　人なんかどうせいつか死ぬんですから」

「な、なにを言ってるの……」

麻美は絶望した。おそらく小林は死を覚悟している。

ほかの男子に助けを求めたいが、リーダー格である田村も岩井もライフルで撃たれて、思うように動けないでいる。

仁科は最初から、おそらく刃向かってくるだろう田村や岩井を狙っていたのだろう。

「さあ、早く跨ぐんですよ」

仁科の声が低くなる。紗良はせつなそうにうつむきながら、ゆっくりと跨ぎ、仁科の顔面にヒップを落としていく。

「あァん、いやあァ……」

臀部を落としきった紗良が、震えつつ悲鳴を漏らした。

だが、その抗う声には甘ったるい声が混じっている。無理もない。先ほどまで敏感な部分をとことん指でいじくられたのだ。

「ああ……神岡さん……」

目の前で教え子が腰を落とし、舌で女性の大事な部分を舐められている画は正視できぬほどにつらい光景だった。

しかも、紗良はエキゾチックな美貌をとろんととろけさせてしまっている。

「あふうん、ううんっ……いやっ……いやあっ……」

イヤだと言葉で抗っていても、紗良の漏らす吐息は官能的で、今まさに女としての悦びを開花させられそうになっている。

(そんなことはさせない。この子には本心から好きな人と結ばれてほしい)

仁科の上で覚悟を決めた麻美は、自ら腰を振りはじめた。

「ああっ……いやぁぁ……」

「あぅん……あっ……あっ……」

麻美は貫かれたまま、仁科のぽっこりした腹に手を置いて、白いヒップをバウンドさせる。

同時に、紗良は仁科から肉のワレ目をねろねろと舐められ、腰を震えさせている。

ふたりとも仁科の白衣の胸板や腹に手を置いて身体を支えているから、顔をつき合わす格好だ。

「おお、おお……これはたまらん。美しい女教師と美人女子高生の3Pだ。ふはは。見たまえ、男子諸君。これが3Pというヤツだ」

紗良のヒップの狭間をねっとりと舌で舐めながら、仁科はふたりの恥辱を煽る。

「い、いやっ……み、見ないでっ……お願い。ああんっ……あああッ」

麻美は腰を振りながら身悶えた。

腰のうねりで男性器を刺激しようというのに、逆に逞しいモノに肉がざわめいてしまい、こすれている肉襞が甘い快美を伝えてきてしまう。

(そ、そんな……だめっ……だめよ……しっかりするのよ。感じてはだめっ。この男の思うつぼなのよ。この男を先にイカすのよ)

そう懸命に自分に言い聞かせても、少しでも自らヒップを前後にくねらせれば、

「あううン……ハア……ハア…………んんぅっ」

と、艶《なま》めかしい喘ぎをとめることができない。

（イッて。お願い。早くイッて……）

そう思うのに、仁科はまだ余裕の笑みで、紗良の股間を味わうように舐めつくしている。身体が熱く滾っていくのは自分のほうだった。

「ククッ……白石先生、おま×こがとろけてきましたよ。イヤだイヤだと言いながら、うれしそうに腰を振って……婚約者に申し訳なく思わないんですか」

仁科は紗良の股間を舐めるのをやめ、さかんに麻美を挑発する。

「ち、違うわッ。そんなわけないッ……これは、あなたを射精させるため」

そう言いつつも、麻美の腰の動きは仁科のためではなく、自分の快楽のために悩ましさを帯びていく。

清純な女教師は、厳格で貞淑なはずであった。

しかし、すでに教え子たちの指や舌で達しており、二十六歳という女盛りの肉体は逞しい牡の性器を本能的に欲してしまっていたのだ。

仁科の奸計にハマってしまっている。

しかし、麻美にはそのことがわかっていなかった。

「ああん……いやっ……あああッ、はああん……あああッ……ハア……ハア……」

粘っこい腰遣いに新鮮な蜜があふれ、いっぱいに押しひろげられた苦しみは、今は快美となってその嵌合に打ち震える。

いけないとわかっていても、身も心もとろける騎乗位の快楽に昂っていく自分をどうすることもできない。

麻美は背中から腰にかけての悩ましいS字のカーブをくねらせ身悶えつつ、憎い強姦魔のペニスを濡れた媚肉で食いしめてしまう。

「ああ！」

目の前で、紗良が叫んで顎をせりあげた。

仁科の舌がアヌスを丹念に舐めはじめたのだ。

「うう……いやぁ……あうう……あううう……」

あの気の強い紗良が、お尻の穴を舐められて啜り泣いている。

もはや紗良も散々な色責めを施されて陥落寸前だ。

教師と教え子、ふたりの美女は向き合いながら、仁科の上に乗ったまま、快楽の虜《とりこ》にされてしまっている。

それでも、麻美はぎりぎり残った理性で、仁科が射精する前には達しないと歯を食いしばった。

そうでなければ、この子が……。

「ああ……ああっ……し、白石先生」

目の前で、紗良がとろんとした目で訴えてくる。

「か、神岡さんっ……」

「白石先生、ごめんなさい。私、真希さんをいじめて……私、私……」

紗良が目尻に涙を浮かべる。

やはりだ。この子も心の底から悪い子ではないのだ。

なんとかして、助けてやりたい。

「ああんっ……お願いっ……仁科先生……イッて。私の中に出して！」

「ククク。それならばもっと色っぽくお願いしないとねえ。僕に恋人同士のような熱いキスをして、中出しをせがんでください。そうすれば、イッてあげますよ」

身も凍るような条件を出され、麻美は震える。

しかし、もう抵抗する気力も奪われてしまっていた。

「い、いいわッ。や、やるから、神岡さんを解放してあげて」

その言葉で、紗良は顔面騎乗からはずされた。

ひとりの男子生徒が寄ってきて、紗良に再び手錠をハメる。

「さあ、麻美先生……存分に愛し合うんですよ。教え子たちの前で熱いベーゼと洒落こもうじゃありませんか」

仁科が仰向けになったまま「さあ、おいで」と手をひろげている。

(くうう)

騎乗位でハメられたまま、麻美は身体かを前のめりにして仁科にしがみついた。

「おおっ、たまりませんよ……さあ、色っぽく迫ってください。誰のどこに、なにを入れるかね」

言いながら、仁科が下から腰を突きあげてくる。

「ううン……ああんっ……それ、だめっ……それはやめてッ……」

蜜壺の内側がとろけはじめていた。

身体の奥で忌み嫌う男の性器がビクンビクンと脈動している。

おぞましく気色が悪いのに、麻美の奥がジクジクと疼いている。

もう、気が狂いそうだ。早くどうにかなりたかった。

「ううっ……あ、麻美の……あ、アソコ……お、おま×こに……ハア……はああん……ねえ、ねえ、いっぱい出して。仁科先生の精液を注ぎこんでッ……ああ」

「ククク……かわいいですよ、白石先生。いや、麻美先生。ほうら、キスだ」

麻美は目をつむり、おぞましく分厚い唇に自らの唇を重ねた。

するとすぐにむしゃぶりつかれ、舌が唇を割って入ってくる。

「んぅぅッ……うぅんっ……うふんん……」

(ああッ。ディープキスなんて……気持ち悪い……ああ、それなのに……)

気持ちの中では舌を嚙み切ってやりたいほど憎いのに、くちゅくちゅと音が出るほどに舌をもつれさせて吸われると、とたんに脳がとろけていって、ぼうっと身体を熱くする。

しかもだ。キスをしながら下から突かれると、よけいにうっとりしてしまうのだ。

いつしか麻美は目をつむり、情熱的に口をむさぼり合っていた。

ちゅぽっと舌をはずすと、瞼を半開きにした女教師はハアハアと悩ましく息をあげ、ぼおっとした眼差しで宙を見つめる。

「ククッ。どうです。婚約者よりいいんでしょう？　これほどのいい体をしてるんだから、私くらいの絶倫でないと持てあますはずですよ」

下から下垂したバストを鷲づかみにされて、たぷたぷともてあそばれる。

乳首をキュッ、キュッと指でいじられる。

「くうう……ああ、はあああ……」

もう抗いの言葉も口に出せず、美貌の女教師は汗をにじませて眉をハの字にし、悩ましい表情で仁科を見つめる。

ズブッ……グチュ……ズブブブ……ヌチュ……ジャプゥ……。

派手な肉汁音を立てて、下から腰を突きあげられる。

「ああッ。あぅぅ……ンアアア、ああん、あああ!」

(ああ……だ、だめっ……)

下腹部から妖しいうねりのようなものがさし迫ってくる。

麻美はもうどうにもできなくなり、自ら仁科を抱きしめ、唇にむしゃぶりついた。

ズブッ……ズチュッ……グチュッ……。

上になった麻美の裸体がはねあがるほどの強烈な突きあげがたまらなかった。

ぐっしょり濡れ、やわらかくなった媚肉が、仁科のペニスを愛しいモノのようにギュッと包みこむ。

「……こりゃすごい。たまりませんよ。さあ、麻美先生の望んだ中出しです。たっぷりと注いであげる」

「あ、ああ……も、もう……ハアハア……い、いやぅ……あうううッ」

とろけきった熱い肉をえぐり立て、こすられ、めくりあげられる。

そのたびに、ただれるような快楽に全身が痺れた。

麻美はもうおかしくされてしまっている。

「ああ……あううん、いい、いいわっ……はうううん」

ただただ快楽を欲して、ついには仁科の上になり、ねだるように豊満なヒップをくねらせはじめる。

「クク……おお、イクんですね。今度は私とのセックスでイクんですね」

男子生徒たちが生唾を飲みこんだ。

女子生徒も見つめている。

きっと軽蔑している。強気な白石先生でも男の性器で貫かれると、とたんに色っぽくいやらしい顔をするのだと……。

(でも、でも……わ、私……ご、ごめんなさい……)

「だ、だめっ……私は……アアッ……!」

「イクんでしょ。ほら、ほら、素直になりなさい」

仁科が重い一撃を放ったときだ。

快楽の大波が麻美に襲いかかった。

「イ、イクッ。ああぁん、ううんっ、イクゥウゥゥ！」

歓喜が迸り、麻美は腰をガクガクとうねらせる。

そして麻美は顔をのけぞらせ、いつもの厳格な教師の表情ではなく、恍惚した女の顔を見せてしまうのだった。

第四章　モデル少女の輪姦動画撮影

1

　女子生徒たちの憧れでもあり、心の支えでもあった女教師の白石麻美が、あろうことか目の前でレイプされ、しかもあられもなく腰を振ってヨガってしまった。

　麻美は裸のまま、また後ろ手に手錠をハメられて、男子生徒たちによって実験室の隅に連れてこられた。

「先生！」

　遙香も同じように手錠をかけられながらも、麻美ににじり寄って声をかける。

　麻美が嗚咽を漏らし、うなだれる。

これで服を着ている女子生徒は早坂凜、相沢遙香、小宮山真希だけになった。

(ああ……いつまでこんなことを……せめて、警察と連絡が取れたら……)

遙香は窓を見た。

いまだカーテンを閉めきっていて、向こうからもこちらの様子はわからないだろう。

だが優秀な警察だから、きっと救出してくれる……そう信じている。

壁の時計を見る。

午後二時をまわっていた。

籠城から五時間、すでに生徒たちは疲れきっている。

教室の隅に衝立《ついたて》が立てられ、その向こうにバケツの簡易トイレが置かれた。

一杯になれば、廊下に並べられるのだが、そのわずかなアンモニア臭も、女子生徒たちの羞恥のひとつであった。

そのときだった。

真希が、背中でもぞもぞと手を動かしているのが、遙香の視界に入った。

「但馬さんっ、内部から連絡です!」

対テロリスト用装甲車の中に入ってきた和田が叫んだ。

対策を練っていた責任者たちに緊張が走る。

「仁科の要求か」

和田が答える。

「違うんです。別のクラスの生徒のケータイに、三年C組の小宮山真希という生徒からかかってきているんです。中の声が聞こえるんですが……今、つなぎます」

和田がモニターのスイッチを切り替える。

本部との電話会議の画面が切れ、まっ黒になる。

その暗い画面から、ザーッというノイズの中に、わずかに男の声が聞こえてきた。

――キミたち、腹が空《す》いたろう。育ち盛りだから、キチンとご飯を食べないと、体力がもたないからな。

「仁科の声か」

対策室のひとりが訊く。

「おそらく」

しばらく沈黙があったり、啜り泣きが聞こえたり、ひそひそという会話が聞こえたりしている。

「もしかして、仁科は生徒にそれほど危害を加えることはしないのではないか。まがりなりにも自分の生徒だし」

対策班のひとりが言う。

「いや、でもテロリストですから油断はできません」

「それより、おそらくこの小宮山真希という生徒は、仁科に隠して通話をオンにしているんだろう。危険じゃないか。バッテリーがなくなるかもしれん」

「こちらから切りますか」

「どうだろう。重要なワードが聞こえてくるかもしれん。メールでコンタクトは取れないだろうか」

「一通だけ、最初に『絶対に音を出さないで！』というメールが届いてます。文字は打てそうですが、長文は難しいかと。だから、せめて中の音を聞かせているんだと思います」

分析した結果を、和田が伝える。

対策班が話し合っていたそのとき、モニターのスピーカーから仁科の声が聞こえた。

——小林くん、頼まれてくれないか。みんなのメニューを訊いて、警察にご飯を持ってきてもらおう。栄養のあるものがいいな。

その言葉に、対策班全員に戦慄が走った。

「仲間がいるのか」

「小林というのは誰だ」

対策班のひとりが名簿に目を通して言う。

「小林巧己《たくみ》。三年C組の生徒です。化学部ですので、仁科とは普通の生徒より接触は多いかと」

「この生徒の可能性は高いな。マズい。単独犯じゃないのか……銃は仁科が持っているだけか」

「わかりません」

そこで、総責任者である但馬が口を挟んだ。

「食事の要求をする気だな。そこでなんとか、この真希という子にアプローチできないか。こちらからメールをする旨を伝えるとか」

「音のしない通知をしましょうか」

「マスコミに嗅ぎつけられたら、まずくないか。危険にさらしたとかなんとか」

しばし、沈黙があった。

「よし」

但馬がぴしゃりと言った。

「差し入れをするとき……おそらく窓からだろうから、そのときになんとしても内部の状況を確認するんだ。それによって、メールするかどうかを決める。一度、通話は切ろう」

しばらくして、仁科から昼食を差し入れるようにとの電話が入った。

2

「真希」

遙香は真希に寄り添いながら小声で尋ねた。

今は屋上から吊《つる》された昼食を窓から運んでいるところだった。その隙に乗じて話しかけたのだ。

「……電話、どうしたのよ」

遙香は慎重にまわりを見ながら真希に訊く。

真希もキョロキョロしながら小声で返した。

「忘れたと思ってたから、正直に忘れたって言ったの。今見たら、うっかりポケットに入っていて……小林くんが、私にはボディチェックをしなかったからバレなかったみたい……」

「小林くんが？」

遙香は小林をちらりと見て、首をかしげた。

仁科を崇拝する彼は、クラスメイトに憎悪を持っているようだから、助けるようなまねはするわけがない。

「誰かにメールしたの」

「うん。今から通話にしておくから、絶対に音を出さないでって。もっといろいろ打ちたいんだけど。私、長いの打つの苦手だし」

小林が見逃したのは、なにか魂胆があるかもしれないが、今はこの真希の携帯電話にすがるしかない。

麻美にも話そうと思ったが、巻きこまれるかもしれない。

知っているのは最小人数にしなければ、と遙香は決意した。

パスタがふたつ、前に置かれた。

手錠がはずされる。

チャンスだと思った。

しかし、もう男子生徒たちは完全に仁科に洗脳されている。

「逃げようと思うなよ」

「三十分だけだぞ」

「早く食べるんだよ」

などと、本物の看守のように口々に命令して、女子生徒たちを監視している。うかつに携帯電話は出せない。

「今もつながってるの？」

「さっき切れた。メールが来てるみたいなんだけど、怖くてケータイの画面を見られないし……」

真希が消え入りそうな声で言う。

「ねえ、真希、そのケータイ、私に貸して。トイレのふりして、衝立の向こうで連絡取ってみる」

「危ないよ、遙香」

「わかってるけど、このままじゃ、みんな仁科にヤラれちゃう。それに男子たちも危険だし。いつ襲ってくるか……私、白石先生や、新藤さんのカタキをうちたいの。あの男を絶対に許さない」

真希は壁ぎわに行き、背中越しに携帯電話を遙香に渡した。

制服を脱がされていないのは幸いだった。

遙香は、仁科が食事を取りながらテレビを見ている隙に、制服のポケットに携帯電話を入れてトイレに立った。

衝立の向こうでメールを打った。

手短に、とにかく現状だけをすばやく伝える。仁科と小林がライフルを持っていること。ほかの銃は見ていないこと。そして、爆弾がしかけられていること。怪我人と暴行された女性がいることを。

すぐに返事が来た。対策本部というところからだった。

――先ほどの差し入れのときに、室内の状況はつかんでいる。深夜、突入したい。ふたりが銃を置いた瞬間になんらかの合図が欲しい。今、屋上で待機している。できるかい?

遙香はそれには答えられなかった。

また連絡するとだけメールを打った。

(そんな……そんな重要なことを、私が……)

さすがに正義感が強く、気丈な遙香といえども、重要な任務を簡単には引き受けられない。全員の命がかかっているのだ。

逡巡しながら衝立から出る。

テレビには午後のワイドショーが映されている。

女子アナウンサーが「速報です」と叫んだ。

――警察の発表から、犯人はふたり。ライフルを持っており、死亡者は出ていないとのことです。くり返します……。

それを見た仁科が「ほお」と感心したように言い、食事を置いて、すぐに電話をかけた。

スマホのスピーカーをオンにしているから、呼出音が室内に響く。

――警視庁の和田です。

今朝ほど仁科に電話をしてきた男だった。生徒たちも固唾《かたず》を呑んで聴いている。

「和田さん、私たちを舐めてるのかね。こんな貴重な情報をワイドショーなんかに流すとはねえ」

しばらく沈黙があった。

――仁科さん、アレはマスコミが勝手に流したんだ。その件は謝る。

今朝ののんびりした声とは違い、口調が慌てていた。おそらく本当に、勝手にテレビで流されてしまったんだろうと、遙香は警察に同情した。

「謝らなくてもけっこうですよ。しかし、さすが日本の警察は優秀だ。もう、そんなところまでつかんでいるとはねえ。思い出づくりも急がないと。テレビ局のみなさんには、私がお礼をすると言っておいてください。あとで送ります」

──ちょっと、待ってくださ……。

仁科が強引に電話を切って立ちあがった。

その表情に冷酷な笑みが浮かんでいて、遙香はゾッとした。

3

「食事は終わったかな。食器などは部屋の隅のほうへ片づけてくれたまえ。さて、早坂凜くん、待たせたねえ」

仁科が凜に銃口を向ける。

昼食を終えて、また後ろ手に手錠をハメられていた凜は「ヒッ」とすくみあがった。

「看守たち……そこの三人、彼女をこっちに連れてきたまえ」

近くにいた男子生徒たちが、顔を見合わせてから凜を強引に立たせる。

「い、いやっ。あ、あなたたち、汚い手で触らないでよ」

凛が罵る。

切れ長の目にロングの黒髪、クールビューティな凛は、モデル事務所に所属していて、いつも同級生たちを小馬鹿にしていた。

それなので男子生徒たちは、

「うるせえよ。奴隷が文句言うんじゃねえよ。ほら、先生のところに行くんだよ」

と、ほかの女子よりもキツく言い返し、抵抗する凛を強引に引っぱっていく。

「はい、ご苦労さん。うん？」

仁科が三人の男子たちの顔を見た。

「キミたち、紗良くんを連れてきたときに訴えてきた……ええっと、阿倍誠二《あべせいじ》くん、三島吾郎《みしまごろう》くん、もうひとりは吉田《よしだ》くんだね。キミたちは素行が悪く、よく僕の授業をサボったよねえ」

「すみませんでした、先生」

誠二が素直に頭を下げる。

「ククク。いいよ。素直が一番だ。ああ、そうだ」

仁科は教壇の下の鞄をごそごそと探すと、黒い覆面を誠二に向かって投げた。

目と口のところだけがくりぬかれた、強盗などがよく使う黒いニットの覆面だ。三人分ある。

「これはキミたちのだろう?」

仁科が言うと、三人は顔を見合わせた。

見ていた真希が「あっ」と目を見開いた。化学準備室で襲われたときの覆面だ。あの三人が犯人だったのだ。

「かぶりたまえ。今からキミたちにご褒美をあげよう。凜くんをかわいがってイカせるんだ。中出しは僕の特権だから、それ以外なら好きなようにしてもかまわん。オススメはアナルセックス。つまり尻の穴……」

「な、なんですって!」

凜が目を見開いた。

生徒たちがざわつく。

いよいよ男子生徒に、クラスメイトを犯せという、残酷な指令が仁科の口から発せられたのだ。さすがに疲労困憊の女子生徒たちも、見て見ぬ振りはできない。

「ひどいわ!」

「やめてぇ。阿倍くんたち、正気に戻って」

遙香や麻美を中心に、非難が巻き起こった。

それでも彼女たちの頭の中には、

――さすがにクライメイトをレイプしたりはしないだろう。

という気持ちがあった。

ところがだ。

女子生徒たちはそう願っていたのだが、三人の男子がいそいそと覆面をかぶりはじめたので、絶望的な気分になった。

「くくくっ……」

仁科が笑ってスマホを取り出した。

「いいね。覆面姿が似合っているよ。さあて、凜くん、これからキミがクラスメイトたちに輪姦されるシーンをばっちり撮影してあげよう。それをこのテレビ局に送りつけてやる」

「そ、そんな……」

凜の顔面が蒼白になった。

レイプされるばかりでなく、撮影される……。

逃げようとしたが、後ろ手に手錠をハメられているからバランスが取れない。転んでしまって、ミニスカートがまくれて、パンチラ防止の黒いショートパンツがあらわになった。

「い、いやっ……許して……」

悲鳴をあげ、逃れようと身をよじる凜を、覆面の生徒たちは軽々と持ちあげる。

さらに仁科から渡された鍵で、凜の手錠をはずしてから、実験台の上に凜を投げ出した。

慌てて起きようとする凜の視界に、覆面の三人がパンツ一丁となって台の上にあがってくるのが見えた。

「へへへ。悪く思うなよ」

「そうそう。俺たちも脅されてるんだぜ。しかし、前から思ってたんだよなあ、いい身体してるって」

三人の股間はすでに大きく盛りあがっており、中にはすでに濡れジミをつくっている者までいる。

「ひ……ひ……」

獣のようなふくらみを見た凜は息を呑み、切れ長のまなじりを引き攣らせた。

凜は上背があり、すらりとしたモデル体形だが、おっぱいやお尻は悩ましいふくらみを見せていた。

すでに男性経験があるから、腰のまわりの充実した色っぽさは、二十六歳の麻美に引けを取らぬほどなのだ。

美人でスタイルもよく、そのうえで色気もある。

三人の生徒たちが覆面の目をギラつかせ、股間をふくらませるに十分な相手だった。

「俺からでいいな」

三人のリーダー格である誠二が、凜に襲いかかった。

「いやっ。やめて！」

ほかのふたりも、抗う凜を押さえつけにかかる。

左右から手をつかまれて、バンザイするようなかたちで台の上に固定された。

グレーのニットをまくられ、白いブラウスの前を割られる。ブラジャー代わりのブラトップをむしられると、たわわなおっぱいがぶるんと揺れ弾んだ。

「かわいいおっぱいだなあ」

両手で乳肉を揉まれ、色素の薄いピンクの乳首を口に含まれ、ねろねろと舐め転がされる。

「あ……ああ……た、助け、助けてぇ、誰かあ！」

泣き叫んでも、女子生徒たちは男子に囲まれて手が出せない。

「ごめんなあ。でも、どうせなら楽しんだほうがいいぜ。あの先生、狂ってるから、そのうちみんな殺されるかもよ」

耳もとで誠二に囁かれた。

一瞬、凛はハッとしたが、それは誠二の詭弁だと気づいてかぶりを振る。

「だからって、あなたたちのものなんかにならない。け、けだものよ。あなたたちなんか、最低だわッ」

「言うねえ。最低かよ。じゃあ、遠慮はいらねえや。たっぷりと楽しんでから、尻の穴に出してやるぜ」

「い、いやっ……や、やめなさいッ。もう、やめてぇ」

凛がイヤイヤすると、絹のようなさらさらした黒髪がひろがり、甘い匂いがふわっと立ちのぼる。

それでなくとも凛の柔肌からは甘酸っぱい汗の匂いと体臭が漂い、男の劣情を誘っているのだ。

「へへ、へへへ」

両脇から凛の手首を押さえつけているふたりが、凛の乳房や太ももをいやらしく撫でてくる。

「ああんっ、いやあああ」

腰をよじり立てて抵抗しても、バンザイの格好で仰向けに押さえつけられて、のしかかられていてはどうにもできない。

黒のショートパンツと白いパンティが、いっしょくたにまるめられて脱がされた。ほぼ全裸にされた色っぽい女子高生は足を開かされて、肉の合わせ目を指でまさぐられる。

「あうう……い、いやっ。誰か……いやっ」

両足をバタつかせ、腰をよじり立てるも、男子生徒三人に押さえこまれてしまっては無駄なことだった。

膣口に指を入れられ、クリトリスもいじられる。

乳房は休むことなく三人に揉みしだかれて、薄紅色の乳首は舐めしゃぶられて唾液まみれにされてしまう。強く吸われて、白い肌にキスマークがいくつもついた。

性欲の滾った男子高校生たち、しかも覆面をかぶっているというひとときの安心感も手伝い、凜はまるで獣たちに犯されているようだ。

「だ、誰か……助け……ウンン！」

凜の切れ長の目が大きく見開かれ、モデル張りの美貌が大きく歪んだ。

助けを求める唇が、覆面姿の誠二の唇で塞がれたのだ。

驚くと同時に、ぬるりとした舌が口腔《こうこう》に侵入し、舌をからめとられて吸われてしまう。

（あああッ、いやぁ！）

キスまで奪われた汚辱が、美人女子高生を絶望させる。

逃げようにも、顎をつかまれてはイヤイヤすることはできない。

激しい口づけに気を取られているときだった。

「ムゥゥゥ！」

下腹部に激しい痛みが走り、凜は大きく目を見開いて身をよじった。

まだ濡れきっていないヴァギナに、いきなり挿入されたのだ。

媚肉が驚き、キュウと食いしめる。

「お、おい……おま×こは、まずいんじゃねえのかよ」

凜の手を押さえている吾郎が言った。

しかし、誠二は答えない。いや、答えられない。

モデル事務所に所属するほどのS級美少女とキスをして、さらにはひとつになれたのだ。その歓喜たるや魂が抜けるほどの興奮で、身体がブルブルと震えている。

「おい、誠二」

呼ばれてようやく我に返った誠二は、キスをほどいた。

「えっ……あ、ああ……中出ししなけりゃいいんだよ。なあ、仁科先生」

スマホで撮影している仁科に訊く。

「ククッ……まあ、そうだな。それもオーケーにしよう」

「へへ。やったぜ……」

誠二が挿入しながら見つめてきた。

凜は眉をひそめて、泣き顔をそむける。

「へへっ。色っぽいなあ。あのクールビューティが目をうるうるとさせてさあ。レイプされたって感じがいいよなあ。たまんねえぜ、凜ちゃん」

今まで呼んだことのない名前で呼んだ覆面の誠二はまたキスを落とす。

凜はおぞましい舌を嚙み切ってやろうと思った。

だがその瞬間、ズンと奥まで突き入れられた。

「ムーッ」

引き裂かれるような痛みに、凜の背が弓なりに大きくしなる。

全身が痺れて、意識も絶えだえになる。目の奥がぼんやりして、息をするのもつらくなる。

「むぅうん……ンンッ……」

そのうえで、ヌルヌルした舌が無理やりに歯茎や頬粘膜をなぞってくる。

無理やりに身体が奪われていく。

しかも、クラスメイトの男子にだ。

惨めさに呼吸の苦しさも相まって、凛の目尻に涙が浮かぶ。

「ムフゥ……ああ……ハア……ハア……ああ……」

ようやく唇が離れた。

ハアハアと、凛は肩を揺らす。

だが、三人は休ませてくれない。美貌の女子高生が獲物なのだ。もう本能のままに好きなようにされてしまう。

「ンハア！」

挿入された剛直がさらに奥へと挿入され、凛は苦悶の美貌をのけぞらせた。乱れ髪が頬にほつれて、妖しい色気をふりまいている。

恐ろしいほどの圧迫だった。

媚肉を目一杯ひろげられ、最奥まで深々と貫かれている。

（ああ……私の中……無理やりにクラスメイトの男子のが……入ってる……）

同じクラスの男子にレイプされたという恥辱と絶望に、次第に抗う気力が薄れていってしまう。

「へへっ。すげえ、色気がムンムンだぜ……」

眉を寄せ、つらそうに喘ぐ凜の美貌をのぞきこみながら、横から吾郎がニヤニヤと笑いつつ、凜のおっぱいを揉みしだいて、乳肉のやわらかさを楽しんでいる。

「ああ、締まりもいいぜ。気を抜くと出ちまいそうだ」

もうクラスメイトたちが見ているのも構わず、誠二は覆面の奥で顔をほころばせて嘲るように言う。

今では看守役の男子生徒たちも股間をふくらませて、次は自分の番だとヨダレを垂らさんばかりに、手錠をハメられた女子高生たちを見つめている。

――ヤルなら、クラス委員の相沢さんだよな。あの美少女とヤレたら、どうなってもいいや。

――神岡さんとヤリてえ。あの生意気なお嬢様を俺のチ×ポでおとなしく……。

――白石先生……大人の魅力がたまんねえよ。早く命令してくれよお、仁科先生。

男子生徒たちが羨望の眼差しで三人を見つめている。

そんな男子たちに聞こえるように誠二は、

「くうう、気持ちいいッ」

そう叫ぶと、凜の両足を肩に担ぎ、マングリ返しのような恥ずかしい格好にしたあとに、上から押しつぶすように剛直をズブズブと埋めてくる。

「んはぁ！」

凜は目を見開き、大きな悲鳴をあげた。

もうこれ以上は無理だと思ったのに、さらに奥までねじこまれて息もできなくなる。

「あひぃ……あぅぅ……くぅぅ……くうう……」

（ああん……こんな奥まで、子宮が犯されて……）

弱々しく首を振るものの、逞しいモノにえぐられる迫力に、女子高生の膣はキュンキュンとざわめき、内なる疼きを募らせる。

経験はあるものの、ここまでの野太いモノで突き入れられたことはない。

いやなのに、苦しいのに、次第に身体は抵抗する気力を失い、蜜穴からはしとどに愛液を漏らし、浅ましく媚肉をヒクヒクさせてしまう。

「へへへ……おま×こ、とろけてるぜ……うお、締めてくる。すげえ」

誠二は鼻息を荒くして、いよいよクラスメイトを本格的に犯しにかかる。

手のひらで美乳をたぷたぷと揺らして揉みしだきながら、ゆっくりと腰をぶつけていく。

「へへっ。おま×こがあったけえ。キュンキュンしてるぜ」

誠二が言いながら、乳首を指で刺激してくる。たちまち凜の乳頭はツンととがって、いやらしく上を向く。

「乳首が硬くなってきたぜ。感じてるんだろ」

誠二が言うと、凜はハアハアと荒い息を漏らしながら、彼を睨んだ。

「バ、バカなこと……感じてなんか……い、いやあっ」

前傾になった誠二の舌先が、とがりきった凜の乳頭をとらえる。

敏感な部分を舐められて、生温い口に含まれると、胸の奥からジワジワする疼きがひろがっていく。

「ううっ、あぅぅぅ……ゆ、許してッ」

これ以上されたら……。

凜はハアハアと苦しげに喘ぎながら、かぶりを振り立てた。

容赦なく乱暴に最奥をえぐってくる誠二の迫力が、まだつぼみでしかない女子高生の官能を揺さぶる。

憎いと思うのに、蜜壺は男根を迎え入れるべく愛液をジクジクと湧き立たせ、敏感だった肉体は、よけいに過敏になって快楽をもたらしてくる。

「へへへ。いい顔だぜ、凛ちゃん」

誠二は夢中になって、正常位で突き入れる。

生意気でツンツンしたクールビューティの表情があきらかにとろけきっている。切れ長の目がうるうると潤み、目もとはぽうと上気して、ときおりつらそうに眉根をひそめてハアハアと喘いでいる。

間違いない。自分が感じさせているんだ。

そう思うとますます興奮し、もうこのまま出してしまいそうになる。

それほどまでに凛の身体と表情がよすぎるのだ。

「ンああっ……ああんっ……だめっ……だめっ……ああンッ……」

明らかに凛の声質が変わってきたのを、両端から押さえている吾郎と吉田も気づいた。

「あううん……あああッ……」

凛が目もとをしっとり赤らめて、色っぽく甲高い声を放っている。

すらりとした両足を大きく開かれて、誠二の肩に担がれながら、ずぼずぼとえぐられて、愛液がしとどにあふれている。豊かな乳房は三人の男たちにひしゃげるほど揉みこまれて、乳首は痛ましいほどのとがりを見せている。

それでも甘い声を漏らすまいと、凜は唇を嚙みしめている。

犯される女子高生の悲哀がムンムンと漂い、もうふたりもこらえきれなくなってしまう。

「おい、そろそろ交代だろッ」

吾郎が怒声を放つ。

「ま、待てよっ。今、いいところ……」

「中出しはやめろよ」

「わ、わかってるよ……おおっ……くおおおっ」

雄叫びをあげた誠二は、膨張した肉棒を凜から抜くと、苦しげに喘ぐ女子高生の腹に大量の熱いザーメンを発射した。

「きゃうう……ああ……」

切っ先から放たれた白濁が、凜の口もとにまで飛び散っている。

中出しだけは免れたものの、穢されたことで啜り泣く凜を、今度は吾郎がうつぶせにさせて、尻を引き寄せて四つん這いにさせる。

「ウヘヘへ。アナルファックってはじめてなんだよな」

とても高校生とは思えぬいやらしい声をあげ、吾郎は凜の尻割れをまさぐった。

「あううう。い、いやっ」

吾郎が放った「アナル」という言葉に、凜は背すじをゾッとさせる。

お尻の穴だ。

クラスメイトの男子は、排泄器官で交わろうとしている。

(そんな恐ろしいこと……できるわけないッ……)

先ほど仁科が言った「尻の穴」という言葉は、脅しだとばかり思っていた。

だが、男子たちは本気にしている。

凜は顔を紅潮させ、逃れようとした。

それを誠二と吉田のふたりがかりで押さえつけて、無理やりに女豹のポーズを取らせ、尻を大きく掲げさせる。

「いやっ。お尻でなんて、お尻でなんて……正気に戻って、三島くんッ」

泣き叫んで首を振れば、艶々した長い黒髪がうねり、キレイなS字を描く背中があらわになる。凛のヒップは小ぶりだが、そのぷるんとした艶やかなまるみは十分に女らしかった。

吾郎は凛のワレ目に指を入れ、愛液をすくい取ると、その指で凛の肛門をまさぐった。潤滑油のつもりなのだろう。

「ああっ、いやあああ」

指で排泄穴をいじくられるおぞましさに、凛は暴れる。

しかし、桜色のシワを目立たせるかわいいすぼまりに指を入れられると、おぞましさと穴が切れてしまうのではないかという恐怖を感じて、凛は暴れることをやめて、ぶるぶると震えた。

「ああんっ……いやっ……やめてっ……ああんっ……」

凛は泣きべそをかいて、肩越しに覆面の吾郎に痛切な表情を見せる。

しかし、興奮しきった男子高校生にはなにも通じなかった。

剛直が排泄穴に押しつけられる。

「あああっ、いやっ……」

凛は四つん這いのままのけぞって顎をはねあげる。

恥辱の後穴に、めりめりと引き裂かれるように怒張が押し入ってきた。

排泄しかしたことのない穴に硬いモノが埋めこまれて、おぞましさが全身を引き攣らせた。

「いやぁぁぁぁぁ！」

女子高生の叫びが実験室に響く。

仁科はニヤリと笑い、アナルバージンを失った凜の表情や結合部をスマホでじっくりと撮影するのだった。

4

午後七時。

「但馬さん、動画はすべて回収しました」

装甲車に入ってきた和田が言う。

その言葉に但馬はホッと安堵の表情を浮かべた。

今から一時間前のこと。

仁科が夜十時からの報道番組あてに動画を送りつけたという報告が入った。

部下を通じ、その番組プロデューサーに連絡を取るも、彼はどうも煮えきらない態度だった。

そこで対策班をテレビ局に向かわせたのだが、そこで恐ろしいことが発覚した。

動画は三年C組の早坂凜という女子生徒が覆面をした男たち、おそらくクラスメイトたちだろうが、彼らに輪姦されているシーンだった。

声からすると、撮影しているのは仁科のようだ。

警察からワイドショーへ情報が流れたことへの警告と罰なのだろう。

もちろん、その行為自体は残虐非道だ。

しかし、さらなる問題はテレビ局だった。

なんと彼らはその動画を全編モザイクで隠したうえで、生放送で流そうとしていたのである。

警察の対応の遅れで人質がレイプされてしまった。それは警察の怠慢だというので視聴率を稼ごうとしていたらしい。

マスコミが視聴率稼ぎのためには、なんでもすることはわかっていたつもりだが、まさか女子高校生がレイプされたことも放送しようとしていたとは……。

あきれを通り越して戦慄が走った。

そんなものを流して、もしネットなどで個人が特定されたら、どうするつもりだったのか……。

「しかし……まずいですね。もしかしたら、仁科の言う『思い出づくり』というのは、女子生徒と女性教諭すべてをレイプすることでは……」

和田が身の毛もよだつようなことを言う。

しかし、反論できなかった。

相手はレイプシーンをテレビ局に送りつけるような残酷な男である。

とにかく早く決着をつけなければ、和田の言うように、女子生徒全員に被害が及ぶかもしれない。

「彼女……相沢遙香からの連絡はまだか」

今はもう彼女にすがることしかできない。仁科と小林、ふたりが同時に銃を放すタイミングが必ずあるはずだ。

その瞬間を狙えば……そう思っていたときだ。

「メールで連絡がありました！」

対策班の人間が血相を変えて入ってきた。

「なんと書いてある」

但馬が訊く。

「それが……仁科は今、生徒たちを集めて生物の授業をしているそうです」

対策班の人間が困ったように、そう伝えてきた。


「……排卵の時期になると、女性の体内で女性ホルモンが分泌される。その女性ホルモンは、卵巣の中の卵を変化させる作用がある。卵が十分に成熟すると排卵が行われ、卵が輸卵管へ排出される。卵と精子は輸卵管の途中で出会って受精をする。受精、つまり妊娠だ。ちなみに、必ずしも排卵期でなくても健康な女性は妊娠をする。わかったかな」

黒板に図を書いて説明していた仁科が、生徒たちのほうを向いた。

男子たちは立ったまま、女子たちは裸にされて後ろ手に手錠をかけられたまま仁科の授業を静かに聞いている。

だが、仁科に中出しされた麻美や愛花は、顔を強張らせて震えている。そう、排卵時期でなくとも妊娠する可能性はある。

いまだに、身体の中に仁科の子種が残っていると思うと、死にたくなるほどの汚辱に包まれる。

だが手錠をかけられていては、ザーメンの残滓をかき出すこともできない。

「そういう態度でいれば、キミたちもいつもどおりの生活を送れたかもしれないのにねえ。いやあ、けっこうだ。こういう静かな授業をしたかったのだよ。では、ここで問題を出そう。なあに、簡単な問題だ。紗良くん」

呼ばれて、紗良はビクッとした。

「紗良くん、返事だ」

「……はい」

紗良はぼんやりした目をして従順に答える。

フェラチオ、公衆面前での排尿、顔面騎乗……あらゆる凌辱を受けて、もう抗う気力も残っていなかった。

「では、問題だ。私、仁科隆治は、神岡紗良をどんな体位で犯したいと思っているか。間違えたら実際に犯す」

紗良が目を見開いた。

仁科の質問に答えなどない。

たとえ合っていても、違うと言うことはわかっている。

ただ、凌辱の口実をつくっているだけだ。

「……先生、せめて……みんなの前では……あの衝立の後ろならしていいから、お願いです」

紗良はすがるような目で仁科を見つめる。しかし——。

「ククッ。キミだけ特別扱いはなしだ。そんなことをしたら、麻美先生や愛花くんに恨まれるだろう？」

仁科の言葉に、紗良はふたりを見た。

あの愛らしい麻美と愛花の目が紗良を睨みつけている。

「な、なによっ。なによ、その目はっ。私なんか、みんなの前でおしっこさせられたのよっ。もう、いやっ。もう、いやなのよ」

「紗良くん、質問の答えは？」

仁科が冷酷に言う。

燃えるような目で、紗良は仁科を睨みつける。

最後の気力を振り絞って、紗良は叫んだ。

「……ファック……ファック・ユーですわッ。あんたなんか……」

「いいねえ。やはりそういう生意気な子を犯すのは最高だよ。正解は対面座位だ。わかるかね。男が座った状態で、その上から女性が向かい合わせに跨るんだ。恋人同士がよくやるヤツ。それにしようと思う。看守のふたり、連れてきたまえ」

男子生徒たちが、素っ裸で手錠をかけられた紗良を立たせて、両脇からかかえるように仁科の前に立たせる。

「ククク……いやあ、ほんの数時間でずいぶんと色っぽくなったねえ。ずっと裸で過ごしているからかな。おっぱいもお尻もムチムチして……さあ、看守のふたり、紗良くんの足を開かせて、ここに跨らせるんだ」

仁科は椅子に座ったまま、ズボンとブリーフを下ろした。

股間の漲りはまるで角のようだ。

二発射精してから時間が経って回復したのだろう。勃ちっぷりが凄まじい。魔羅はふたりぶんの愛液を吸って、表皮が乾いた蜜でかぴかぴになっている。

「い、いやっ。私、まだなのよ。はじめてなのッ」

紗良が叫んだ。あまりの恐怖に、よけいなことを言ってしまったと慌てて口をつぐむも遅かった。

教室の生徒たちが「えっ」と言う顔で紗良を見る。

仁科も驚き、そして目を細めた。

「ふうん。今のは嘘でなさそうだなあ。じゃあ、不純異性交遊はフェラチオどまりかな。そうか、キミも僕が最初の男になるんだね。素晴らしいよ」

紗良は男子たちに担がれて、大きく股を開かされる。

「ああっ……いやっ、それだけはいやぁぁ！」

狂おしくかぶりを振ると、ふわりとウエーブした栗色の髪がさらさらと舞う。

「いやぁぁ、許してッ」

エキゾチックな美貌を涙で濡らし、椅子に座って巨根を握って待ち構える仁科の膝に跨らされる。

助けを求めても、男子生徒たちは完全に仁科に従っている。

「クククッ。ああ、いよいよだ。僕とひとつになるんだよ。たっぷり出して、孕ませてやる」

仁科の恐ろしい言葉を聞きながらも、両手は手錠をハメられたまま、両足は左右から男子に担がれていて、紗良は逃げることができない。

クククと笑う仁科は、片手で屹立を握りしめ、もう片方の手でムッチリと張った紗良のヒップを引き寄せる。

日本人離れしたグラマーなスタイルを誇る紗良である。

引きしまったヒップは、見た目よりもムチムチして重みがある。仁科はニヤリと笑った。

「ようし。ゆっくり落とせ。じわじわと奪ってやるからな」

「いやっ、そんなのいやっ」

抵抗しようとも、ゆっくりと穂先が紗良の膣口に近づいていく。

そして、ずぬっと突き刺さり、デリケートな狭い穴を押しひろげる。

「あぅぅ。いやぁぁぁ！」

はじめての巨大な肉棒を受けた女穴が、未経験のサイズを呑みこむ。

無理やり穴をひろげられ、押し入れられて膣襞も圧せられていく。

「んぁぁ……いやぁぁ。こ、壊れるっ」

「ククッ……大丈夫だよ。ここは赤ん坊が出てくるほど大きくひろがるんだぞ。こんなものはすぐに慣れる」

「いやぁ……く、苦しいッ……あううう」

押し入れられたあまりの逞しさに、紗良は意識が飛びそうになる。

呼吸もできず、ただ仁科に下から身体を揺さぶられて、ずぶっ、ずぶっと貫かれている。

まっ白いヒップの狭間から、生温い破瓜の血をまぶした男根が出たり入ったりをくり返している。

むごたらしい光景だった。

「あぅぅぅ……くぅぅ……」

あまりの迫力に、対面座位で仁科の上に跨がされている紗良は大きくのけぞり、しなやかな背をS字にカーブさせる。

両手を後ろにまわされているから、そうすると、自然とたわわな乳房をせり出す格好になってしまう。

仁科は膝の上に乗せた紗良の細腰を抱きつつ、女子高生とは思えぬまろやかな巨乳に顔を埋め、硬くなってきた乳首を舐めしゃぶった。

「あううう。いやっ、ああんっ」

紗良が大きく顎をせりあげた。

仁科は女子高生のヒップを片手でかかえながら、まるで恋人同士のように密着して顔面を美しい双乳に押しつける。

狭い穴は怒張をキュンキュンと食いしめて、お嬢様のおま×この、ぐあいのよさを伝えてくる。破瓜の出血すら、ぬらぬらとして心地よい。

「あうう……ううんっ……」

ようやく痛みが軽減したのか、おっぱいから顔を離して見あげれば、紗良は啜り泣きながらも、目もとに色っぽい赤みがさしはじめていた。

「ふふん。もうだいぶ前戯は施しているからなあ。身体が欲しがっていたんだろう」

紗良を抱っこしながら、仁科が下から見つめてニヤリと笑みをこぼす。紗良はハッとしたような表情でイヤイヤする。

「ち、違うわ……そんなわけないっ……」

「そうかなあ。緊張が緩んだから、こんな深いところまで入ってるんだろう。もう陰毛と陰毛がこすれるぐらい、ずっぽりだぞ」

言いつつ、仁科は処女だったお嬢様の奥を下からえぐる。

「あうう！」

亀頭冠が膣壁を撫でながら、少しずつお嬢様の中を開拓していく。

未経験の部分に押し入れられて、こすられ、削られる。

すると、甘い痺れが全身にひろがっていき、ますますどうにもならないもどかしさがつのってくる。

（くうう……こんな……汗臭い、キモい男に……苦しいのに、気持ち悪いのに……なんなの、この感覚は……）

「フフ。いよいよ濡らしてきたな」

仁科は対面座位で紗良を抱きしめながら、ずんずんと下から重い連打をくり出しはじめる。

「あうぅ……あぁんっ……あぁんっ」

すると、紗良の声に甘い媚びいったものが混じり出した。

しかもだ。

紗良自身も気づかぬうちに、腰がうねってしまっていた。

仁科にも当然のようにそれがわかって顔をほころばせる。

処女だったはずなのに、この腰の動きはどうだ。

ときおり、キュッと強く締めてくるイソギンチャクの気持ちよさがたまらない。

彫りの深い美貌に、わずかに感じ入ったようなとろんとした表情すらも浮かべるようになっている。

「ククッ。もう、感じはじめてきたようだな。いいぞ」

目の前の乳首を吸ったり、指でいじったりしながら、仁科は上目遣いにニタニタと笑みを漏らす。

「いやぁ……感じてないっ……いやあ……ああんっ……あああっ」

紗良はかぶりを振りたくる。

自分がこんな下卑た男に感じさせられているなど信じたくはなかった。

なのにだ。

下から大きく突き入れられるたび、妖しい痺れが腰から背すじに伝わってきて、甘い声をガマンしきれない。

乳首を舐められるたびにジクジクとした悦楽が生じて、紗良はもどかしそうに腰の動きを大きくしてしまう。

「いやっ……ああん……はううん……ううん」

いよいよ熱い喘ぎを放ち、もっと深くまで欲しいと紗良はまるくて大きな双尻を振りたくる。

「いいぞ……そんなに孕みたいんだな。ようし。お望みどおりにたっぷり出してやる」

紗良はその言葉にハッとした。

「いやあ。そ、それだけは……お願いっ。外に出して。オクチでもいい。また飲むわ。飲むから……」

もう、恥も外聞もなかった。

必死に抵抗するも、しかし身体が浮くほど激しく突かれると、そんな抗いの声すら出せなくなってしまう。

「だめだ。たっぷりと濃いザーメンを注入してやる。出すぞ。ほら、おおお！」

「いやぁぁ。ああ……いやぁぁぁ！」

泣き叫ぶお嬢様を膝の上で抱っこしたまま、仁科は射精した。

どくっ、どくっと注がれた熱い粘液が子宮口を穢し、女の内部に受精のための精を放っていく。

「あ……ああっ……いやぁ……な、中に……で、出てるぅ……」

紗良は熱い飛沫《しぶき》を身体の奥で感じ、黒い闇の中に堕ちていく。

第五章　美少女クラス委員の処女蜜

1

対面座位で、お嬢様の紗良に種づけしたあとも、仁科は紗良を抱っこしたまま膝から降ろさなかった。

ぐったりした紗良の後頭部をつかむと、引き寄せて唇にむしゃぶりつく。

「んん……ううん……」

中出しを受けてしまった紗良は、人形のようになすがままだ。

仁科の激しいディープキスを受けつつ、くぐもった声を漏らして、自らも舌をからめていく。

ふたりの結合部から、血の混じったザーメンが垂れ落ちて、椅子や床にまで赤白の混じったピンク色のたまりが、ぼたっ、ぼたっと垂れこぼれている。

仁科はキスをほどき、ぐったりした紗良を抱きかかえながら言う。

「ククっ……たまらないねえ。もう一度できそうなくらいだ。いい味でしたよ、神岡グループのお嬢様。さあて、次は……小宮山真希くん」

「ひい！」

メガネっ娘の優等生の顔が引き攣った。

ひとりだけ手錠をハメられず、奴隷として扱われていなかった。

だから……理由はわからぬが、もしかしたら自分だけは助かるのではないだろうか。

そんなことを考えていた真希は、一気に絶望の闇に落とされた。

(犯される……私も、はじめてを奪われちゃう……)

そんな思いを抱きつつ、真希は仁科の質問を聞いた。

「では、紗良くんと同じ問題だ。私がどの体位でキミとヤリたいと思ってるか、答えたまえ」

真希は歯をカチカチ鳴らしつつも、

「う、後ろから……後ろからです」

と、意外にも大胆なことを言うので、仁科はクククと笑った。

「バックか。キミはバックからされたい願望があるのかな」

訊くと、真希はまっ赤になって首を横に振る。

ふだんから、そういった女性向けのエッチなコミックを読んでいるから、知識だけは大いにあるのだ。

「正解は正常位だ。残念だったね。ほら、立ちたまえ。看守たち、立たせるんだ」

仁科に言われて、男子生徒たちが真希の手を取った。

「いやああ。や、やめて」

真希は眼鏡の奥の目を濡らし、抗った。

「ま、真希！」

遙香が立ちあがろうとする。

親友のピンチだ。じっとなどしてられない。

「は、遙香っ、遙香ぁ」

真希が手を伸ばして助けを求める。

しかし、それを男子生徒たちがつかんで、仁科のところへ引きずっていく。

「真希っ。よ、よして。やめてぇぇ」

遥香が叫んだ。

そして遥香は後ろ手に手錠をハメられた状態で、思いきりひとりの男子生徒にぶつかっていった。

「きゃあ！」

「わあ！」

ふたりとももつれて転んでしまうが、すぐに別の男子生徒に引き剝がされる。

仁科がやれやれとため息をつく。

「こらこら、遥香くん、争いはよくないよ。まあ、落ち着きたまえ。真希くんを犯すのは私ではない。小林くんだよ」

全員がハッとしたように銃を握る小林を見た。

小林はニヤリと笑い、真希の前に行く。

「……真希さん、今がチャンスだよ。神岡紗良、早坂凜、新藤愛花、キミをいじめてたんだろう？　殺してあげてもいいよ」

「えっ……」

真希は眼鏡の奥の目を見開き、小林を見る。

みながいっせいにざわめいた。

凜と愛花の顔が強張っている。

紗良は仁科の膝から降り、床にぺたんとしゃがみこんでしまった。

小林がニヤッと笑みを漏らす。

「キミは父親を亡くし、母親とふたりで暮らしてきた。貧しかったけど、お母さんががんばって、この聖モルス学園に入れてくれた。それが気にいらなかったのが、この三人だ。貧乏人にこの学園はふさわしくないといいがかりをつけ、男子生徒をそそのかしてキミを襲わせたり、裸にして写真を撮ったり……わかるよ。僕もそうだから……僕も片親で苦労してきたから、キミのことをわかってるんだ」

そこまで一気に話すと、小林は紗良、凜、愛花の順番に、ライフルの銃口を向けていく。

「ひいい。ち、違うのよ……あれはちょっとした冗談……」

「そうよ。本気じゃなかったんだから……」

三人が口々に言い訳をはじめる。

小林が冷たい目で三人を順番に見た。

「さあ、誰から殺す。リーダー格の神岡紗良かい。それとも、取り巻きのふたりからいくかい？」

引き金に小林が指をかける。

「いやあ！」

「やめてぇ！」

女子生徒たちの金切り声が飛ぶ。

遥香や麻美も手を伸ばす。

男子生徒たちも、その光景を見守っていた。

笑っているのは仁科だけだ。

「さあ、誰からだい」

再び、小林が迫る。

真希は震えながら消え入りそうな声で言う。

「……いい」

小林は聞こえなくて、真希に耳を近づけた。

「なに？」

「いいの。だってクラスメイトだもん。ありがとう。でも、いいの」

真希の言葉に、ほっと安堵の雰囲気が実験室に漂った。

しかし、小林はわなわなと震え、

「ふ、ふざけるな！」

椅子を蹴飛ばした。

女子たちの悲鳴があがる。

「ふざけないでくれ。こんなヤツら、殺されたほうがいいんだ。人が苦労したことも知らないで……こいつらみんな死ねばいいんだ！」

室内がシーンとしたなかで、仁科がクックッと笑う。

「小林くん、もういいよ。さあ、真希くんを犯したまえ。キミのお眼鏡にはかなわなかった、残念な子だよ」

仁科が煽ると、小林は真希に襲いかかった。

「いやっ」

真希が暴れる。小林はパンと頬を張り、真希に馬乗りになる。

「役に立たない女だな。せっかく僕がチャンスを与えたっていうのに」

血走った目で真希を睨む。

グレーのサマーニットを脱がされて、白いブラウスの前を乱暴に割られた。

純白のブラジャーを強引に引っぱられると、背中のホックが曲がって、そのまま奪われてしまう。

「いやぁぁ。ああんっ……や、やめて」

上半身を裸にされる。

乳房を男たちの目にさらされて、真希は眼鏡の奥の瞳に涙をにじませる。

腕をクロスさせて胸を隠すのだが、小林の力は強くて、簡単にその手を引き剝がされてしまう。

大きな乳房があらわにされる。真希はイヤイヤをする。

「いやらしいおっぱいして……」

小林が興奮ぎみにおっぱいを握る。

「ああん、や、やめて！」

真希が身をよじり、足をバタバタさせると、赤いチェック柄のミニのプリーツスカートがまくれて純白のパンティがあらわになる。

「……ずっと犯してやりたい思っていたよ。僕のものにしてやる」

パンティに手をかけ、一気に脱がそうとする。

「いやあああ！」

悲鳴をあげたときだった。

叫んだ遥香が、小林の顔面にまわし蹴りを入れた。

「真希！」

小林がその場に倒れた。

一瞬の出来事で、監視していたはずの男子生徒たちがハッとした。

誰もが驚き、そして虚をつかれた瞬間だった。

（今だ！）

遥香は思った。みんなが真希と小林に気を取られている。

今なら仁科も倒せる……と遥香が構えたときには、仁科に銃口を向けられていた。

「……油断も隙もない。警戒しておいてよかったよ。しかし……いったい、手錠をどうやってはずしたんだ」

仁科はふと、さっき遥香がぶつかっていった男子生徒の顔を見た。

そこでハッとなった。

「……そうか。僕が手錠の鍵を渡したのは彼だったんだな。キミは彼がずっと持っているのに気づき、わざとぶつかって、ポケットの中から鍵を奪った。信じられんな、そんな芸当ができるなんて……」

仁科が感心したように言う。

「ククク……いいだろう。キミにはとっておきの罰ゲームを与えよう。小林くん、ちょっと順序が変わってしまったが、遥香くんを先に犯そう」

ニヤリを笑う仁科を見据えながらも、遥香は冷静だった。

制服のポケットに忍ばせた携帯電話のメール発信ボタンを見つからないように、こっそりと押したのだ。

2

夜九時。籠城から十二時間。

そろそろ夕食を差し入れろ、という連絡が入る頃だと但馬は待ち構えていた。

そのときだった。

女子生徒から借りていた携帯電話が鳴った。メールが入ったのだ。

「モニターに映せ」

但馬が指示を出す。

モニターに携帯電話の画面が映った。

――仁科、小林、ふたりが銃を手放す可能性あり。左端の窓の鍵を開けておきました。合図できると思います。

メールの差出人は、あの聡明なクラス委員、相沢遙香からのものだ。

「きた！」

「よし、突入だ！」

緊張が走る。

内部が慌ただしくなるなか、但馬が指示を出す。

「屋上にいる射撃部隊を窓の上まで懸垂降下させろ。ただし慎重に、窓にロープの影が映らないように、十分に注意しろ。窓を開けて、中を確認できるか」

無線が返ってくる。

――窓の横からやってみます。

「時間は？」

――五分。

「急いでくれ」

但馬は続いて隣にいる和田に向て言う。

「ギャラリーはいないな。あと、全マスコミに校舎を映さないよう連絡してくれ」

「わかりました」

和田が装甲車から出ていく。

しばらくすると、無線で連絡が入った。

――左の窓が開きました。中の様子、確認できます。

但馬たちも外に出た。

化学実験室の窓の横に、ロープにぶら下がった射撃部隊の人間がいた。

「窓になるべく近づかないようにと、この子にメールを返してくれ。ふたりが銃を下ろしたら、窓に向かって手を振ってくれと伝えろ」

「了解」

テロリスト班のひとりが、装甲車の中に戻っていく。

但馬は緊張に打ち震えた。

なんとしても生徒たちを無事に救出するのだ。それまで、あと少し……。

相沢遙香が仁科の目の前に来た。

手錠はハメていないが、小林が真希に銃口を向けている。

だから、いっさい抵抗はできない。

彼女の弱点はこの親友だ。

真希さえ手中にあれば、遙香は絶対に刃向かってこない。いや、それどころか親友のためなら本気で命すら投げ出すだろう。

聡明で行動力もあり、人望もある。

そして……美しい。

彼女には、ほかの女子生徒たちにはない、気品あるオーラすら漂っている。

「遙香くん、ずいぶんと待たせたねえ」

仁科が言うと、遙香はその黒目がちな大きな双眸で、じっと睨みつけてきた。

仁科も見つめ返す。

ショートヘアの黒髪が似合う丸顔で、大きくクリッとした黒目がちの瞳は、まるでアイドルのように愛らしい。

ニットの胸もとは悩ましいふくらみを見せ、ミニスカートに包まれたヒップも大きそうだ。かわいいだけでなく、スタイルもバツグンなのだ。

「服を脱ぐんだ、相沢遙香。ブラジャーとパンティはそのままでいい。ああ、その首もとの赤いリボンもつけたままだ」

遙香は唇を嚙みしめるも、やがて黙ったままニットを脱ぎ、ブラウスのボタンをはずしはじめる。

男子生徒たちの視線が遙香に集中した。

学園でも一、二位を争う美少女である。

仁科の特別扱いからも、彼女がほかの女子生徒とは違う存在だと言うことがわかる。

その美少女が、いよいよ目の前でヌードになろうとしている。

こんな僥倖《ぎょうこう》があっていいのかと、男子生徒たちはドキドキと胸を高鳴らせて、遙香の裸を記憶しようと、目を皿のようにして見つめている。

「ああ……遙香……」

小林に銃口を向けられている真希が、心配そうに見つめている。

「大丈夫よ」

遙香は真希に笑みを見せると、すぐに真顔になってテキパキとブラウスを脱ぎ、ホックをはずして、ミニスカートを足下に落とした。

ためらい恥じらうことが、男を悦ばせるとわかっているのだ。

どこまでも気丈な子だ。仁科はほくそ笑む。

ショートヘアの美少女が下着姿になった。

「おおお……」

どこからか、生徒たちの歓声があがった。

仁科は目を細めて、遙香の肢体を舐めるように見つめる。

なんという肌の白さだ。

遙香の肌理の細かな肌を見て、思わず仁科は唸った。

アイボリーのブラジャーに包まれた乳房は、谷間ができるほどしっかりとしたふくらみを見せ、そこからまろやかな曲線を描いて、ほっそりした腰へとつながっている。

同じくアイボリーのパンティに包まれた下腹部は、意外にムッチリしている。

全体的には細いのだが、男の欲しい部分はしっかりと肉づきがいい、まさに男のためにあるようなボディだった。

遙香の前に仁科は立った。

「ブラジャーをたくしあげて、おっぱいを見せてごらん」

ニヤリと笑い、ブラジャーに包まれた遙香のふくらみを見つめる。

遙香は上目遣いに睨みつけるが、無駄だとわかってブラカップに手をやった。

しかし、今度は簡単にはいかなかった。

震える手をブラカップにかけるも決心がなかなかつかないらしい。

遙香はせつなげな深いため息をつき、顔をそむけ、目をギュッとつむった。

「うう……」

悲痛に呻きながらも、ようやくブラカップをたくしあげる。

女子高生の、張りのある乳房があらわれた。

仁科たちの視線が集中する。

お椀形の双乳の先端に、清らかなピンク色の乳頭がある。色の白い乳肌にとけこんでしまいそうな、儚げな薄い桃色だった。

「ほおお。ずいぶんとかわいいおっぱいをしてるじゃないか」

仁科は興奮でうわずった声を漏らす。

美少女はこれほど可憐な乳房をしていたのか……仁科は震える手で、やわらかい乙女のふくらみをそっと揉みこんだ。

「ううう……」

一度、抵抗しようとするも、すぐに思い直したように、遙香は気をつけの姿勢を取った。

「ククク……いい子だ。抗ってもなにもいいことはないよ。キミがたっぷり私を楽しませてくれたら、親友は傷つかないだろう。小林くんには悪いが、キミ次第で彼女が処刑の第一号になる可能性もある」

仁科の言葉に、目をつむっていた遙香はハッと目を開け、苦々しい表情で仁科を見つめた。

「ま、待って。言うことを聞くから……」

遙香が悲痛な面持ちで訴える。

「よしよし、抵抗はなしだよ」

仁科はライフル銃を脇に置き、本格的に遙香の凌辱をはじめた。

左手ですくうように乳房を揉みしだくと、

「うっ……」

ビクッとした遙香は、再び顔をそむけて目をつむる。

仁科はククッと笑いながら、美少女の愛らしいふくらみにじっくり指を這わせる。

男の手のひらに収まるサイズで、しっとりした揉み心地がたまらなかった。

大きさはDカップくらいだろうか。

指で押しこむと、まだ芯の硬さが残っているように感じた。

それを揉みほぐすように、今度は両手でムギュ、ムギュと遠慮なしに乳房を揉みくちゃにする。

「んっ……んんっ……」

横を向いた遙香の顔が、次第に恥ずかしそうに赤く染まっていく。

よほどつらいのだろう。太ももをぴったりと閉じ合わせて、もじもじと何度もすり合わせている。

「どうかね。気持ちよくなってきたかね」

遙香は目をつむりながら、フルフルと小さくかぶりを振った。

機転が利き、リーダーシップもある少女だが、こういう反応はまだ女子高生らしくて初々しい。

「ククッ。そうかね。じゃあ、これは？」

仁科はピンクの乳首をつまみあげ、やさしく指で揉みこんだ。

「あうう。い、いやっ」

たまらず遙香は悲鳴をあげ、赤らんだ顔を左右に激しく振りたくった。

「おやあ、かわいい乳首がシコってきたぞ。クラス委員は、おっぱいが感じやすいみたいだなあ」

「ち、違うわ。感じてなんかいない……」

ショートヘアの美少女が震えながらうつむき、ぽつりと言う。

「感じてない……では、これはどうかな」

仁科が身をかがめる。

今度は乳房にむしゃぶりついた。

「いやぁぁぁ！」

いきなり乳首を口に含まれ、遙香はたまらず悲鳴をあげて背をそらした。

倒れこみそうになるのをぎりぎりで踏んばり、大きく目を見開く。

「あぁっ……そ、そんな……いやっ……あぁあ……」

かわいい乳首をおぞましい男の口に入れられ、べちょべちょした舌で舐め転がされる。

とてもじっとなどしていられないのだろう。

遙香は悲鳴をあげながら、必死に身をよじる。

彼女の親友である真希がなにかを叫んでいるが、遙香の耳には届かないようだ。

「フフン。口の中で乳頭が硬くなったよ。感じてきたんだろう？」

仁科は乳頭をちゅるっと吐き出すと、遙香の顔をのぞきこむようにしながら煽り立てる。

遙香はカアッと耳までを紅潮させて、それでもイヤイヤする。

「感じてきたといえばラクになるものの……いいねえ、その勝ち気な感じ。キミのようなまじめでかわいい子が、愛撫でどんなふうに変わっていくのか……じっくりと観察させてもらうよ」

ニヤッと笑った仁科は、そのまま遥香の足下にしゃがみこんだ。

3

アイボリーのパンティに、仁科の指がかかる。

「あっ……」

驚いて腰を引くも、仁科に「動くな」と命じられると、目の縁を赤く腫らした遥香は、震えながらも気をつけをする。

仁科がゆっくりとパンティをズリ下ろしはじめた。

「ううっ……」

遥香は奥歯を嚙みしめた。

愛らしいコットンパンティがついに膝下まで下ろされてしまった。

「うおお……」

背後から男子たちの声があがる。

かわいいクラス委員のナマ尻が露出したのだ。

男子たちはもう恥も外聞もなく、股間に手をやって押さえつけている。

「ククク……これが優等生のおま×こか。恥毛はずいぶん薄いんですねえ」

恥毛は亀裂が透けて見えるほど薄く、まだ中学生のようで、遥香にとっては恥ずかしいコンプレックスだった。

仁科はしゃがんだまま顔を近づける。

「なにをしている。足を開きなさい。じっくりと観察してあげますよ。ほら。おま×こを私に見せるんですよ、クラス委員さん」

仁科はムッチリした太ももを大きく開かせる。膝まで下げられていたパンティが、まるまったまま横に伸びきった。

「ああ、いやあああぁ！」

遥香は叫んだ。

さすがに気丈な遥香も、誰にも見せたことのない女性の秘めたる部分を剝き出しにされ、かぶりを振りたくった。

仁科はククッと笑って、遥香の恥部に目を走らせた。

「ほうう、女性器も小ぶりなんですねえ。うん？」

視線は横に伸びきったパンティへと注がれる。

アイボリーのパンティのクロッチは、濡れジミもなく清らかなものだった。

感度はいいはずの肉体だが……。

パンティのキレイな基底部は、あなたには屈しないという乙女の決意にも見える。

（……やはりこの子は堕としがいがある。清純で、生まじめな仮面を剝いでやるぞ）

仁科はニヤリと笑って、遙香の開いた股に目をやった。

「おま×こもかわいいもんだなあ。肉ビラも小さくて、色艶もいい」

顔を近づけて、くんくんと匂いを嗅ぐ。さらに仁科は、そのまま小さなワレ目に顔を押しつけ、舌でねろねろと舐めはじめた。

「ひっ、ひぃ……いやぁ」

遙香は引き攣った声をあげ、腰をぶるぶると震わせる。

「これがクラス委員のおま×この味か。処女らしくて酸味がきついな。ククッ」

男のぬめった舌が敏感なワレ目をなぞると、

「ひゃ……ああ、だ、だめっ」

遙香の口から小さな悲鳴が漏れる。ガマンしきれないらしい。

やはり、この子は感度がいい。おま×こも感じやすいようだ。

ならば……。

仁科は焦らすように、ゆっくりと処女の媚肉を舌でねぶる。

「や、やめて……」

じっくりと舐めていると、遙香の様子が少しずつさし迫ったものに変わっていくのを仁科は感じ取った。

「ああ……ッ」

遙香の腰がぶるっと震えた。

強く目を閉じて、なにかがせりあがってくるのを払いのけるように、さかんに顔を振っている。

(ククク……これは……いいぞ)

仁科は舌の腹を使い、べろん、べろんとワレ目を舐めつつ、狭い穴を舌先でくすぐったり、花びらの裏側を指でいじったりした。

すると――。

「あっ……あっ……」

遙香の震えがひどくなり、いつしかうっすらと首すじや額に乙女の甘酸っぱい汗がにじんでいる。

いつしか噛みしめた唇も開いて、ハアアッと熱い吐息が漏れている。

気丈なまでの乙女が、少しずつ官能にとろけはじめているのがありありと手に取るようにわかる。

「ククク。たっぷりと開発してあげますよ……」

下からのぞきこみながら、仁科が宣言し、また舐める。

心なしか遙香の腰の抗いに、女らしい媚態が感じられるようになる。ワレ目をねぶる舌先に、妖しい湿りすらうっすらと感じられてくる。

「ああ……お、お願い……」

遙香が哀願した。もう、立っているのもつらそうなほど足が震えている。

「もう、やめて……」

先ほどまでは強気でいた美少女が、今にも泣きそうな表情を見せる。

強い女が屈した姿は、いやがおうにも男の劣情を誘う。

おそらく、自分の身体の変化を感じ取ったのだろう。

これ以上されては、どうなってしまうのか——頭のいい女は想像力が豊かで、自分がされることを妄想して気分を高めてしまう。

まさに、この美少女がそうだ。

ということは、やはり感じているのだ。

「やめませんよ。どうれ、おま×この中もじっくり見てやろう」

仁科は人さし指と中指でVの字をつくると、それをラビアに押しつけて、処女の剝き身を思いきりさらけ出した。

「いやぁぁ！」

遙香がこれ以上無理なほど顔をそむけた。

「キレイなものだな。まったく使いこまれてない。オナニーも知らないな」

食い入るように見つめながら、仁科が声をうわずらせる。

内部は薄ピンクの襞が重なり合い、まるで生き物のように息づいている。中心部の清らかな処女膜が、美少女の高潔さを物語っているようだ。

「ククク。クリトリスも感度がよさそうだ」

すうっと、仁科の指が小さな突起をさすった。

「ああん、いやっ」

不意を突かれ、遙香は甘い声をあげてしまう。

三年C組の生徒たちも、クラス委員のそんな淫らな声に、みんな驚いて見つめている。

「いい声だ」

さらに仁科は包皮を剝いた肉芽をくいっと指で押しつまんだ。

「あああ！」

遙香は大きく目を見開き、膝をガクガクと揺らした。

まるで電気が走ったような衝撃に、一瞬で意識が揺らいでしまう。

「いいねえ。じつにいい。どうやらキミは誰よりも感度のいい身体を持っているようだねえ。淫乱の素質があるよ」

「そ、そんな……」

言い訳しようとしていたときだ。

膣穴にぬぷりと指が入ってきた。

「あ……あああっ……いやっ」

遙香の口から悲鳴がこぼれ、ガクッと腰が揺らめいた。

「おお……この食いしめもたまらんな……これは最高の牝になる」

仁科の指が膣の中を蠢いている。

「いやっ、あぁん……いやっ……」

逃げようとするも、真希のことが気になってなにもできない。

クラスメイトたちに見つめられながら、この世でもっとも忌み嫌う男に恥ずかしい部分を指でまさぐられている。

泣きそうなくらいの羞恥だ。

だが膣内を何度もかきまぜられていると、

「あっ……ハァ……ハァ……あんっ……ああっ……」

ついに、遙香の抗う声に甘い音色がにじみはじめる。

ゆるゆるとまさぐってくる男の指は、美少女の蒼いつぼみを徐々に開花させ、無垢な花園を甘酸っぱく匂う処女の蜜で漏らした。

「ククッ……ほら、もうこんなに……」

仁科は熱いぬめりをすくい取ると、

「ほうら……」

と、遙香の目の前につき出してくる。

「ああ……いやっ」

遙香はハッとしたようにその指を見つめ、かぶりを振る。

仁科は遙香の反応を見て、ニヤリとほくそ笑んだ。

4

はじめて見たときから、その気高さと愛らしさに心が揺り動いていた。ほかの生徒とは別格の、テレビのアイドルすらも凌駕するショートヘアの美少女。そんな優等生をこの手で堕としてみたいとつねづね思っていた。

感じすぎて、もし乱れ狂った姿をクラスメイトの前でさらしたら……この勝ち気な子は、どんなショックを受けるのか。

それを思うとサディスティックな仁科の心に火がついた。

仁科は遙香の足下にしゃがむと、感じやすいクリトリスを重点的に愛撫しはじめる。舌先をすぼめて、つついてやったり、チュッ、チュッと軽くキスをしたのちに、ちゅるっと口中に含んで、舌で舐め転がしてやる。

その間にも膣内にさしこんだ中指をビブラートさせれば、媚肉は指をキュッと食いしめて、新鮮な花蜜をしとどにあふれさせる。

「いや……ああっ……いやっ……そんな……あああ……」

遙香はしゃがんでいる仁科の肩をつかむと、ぶるぶると震えながらギュッと握りしめてくる。

膣奥の熱い疼きに、半開きの口からハアハアと甘い吐息が漏れてしまう。こらえようにも腰に力が入らずに、いやらしくうねってしまうのをとめられない。

仁科の指の動きが速くなり、くちゅ、くちゅと淫らな水音が大きくなってくる。

「ああ……アアアッ……や、やめて……もう、やめて！」

遥香はなんとか理性で踏みとどまろうとする。

だが、身体の奥から湧きあがる熱い疼きに意識はとろけてしまうのだ。

「は、遥香ッ、だめっ……だめぇぇぇ！」

真希が叫ぶ声も、快楽の虜になりかけている少女には伝わらない。

指と口でいたぶられた女の器官が、もう悲鳴をあげている。

「ハァ……ハァ……あぅぅン……ああんっ……あああ……いゃっ、ああん、もういやぁぁ！」

ショートヘアの美少女は、スレンダーな肢体を汗まみれにして、ガクガクと膝を痙攣させる。

「ククク。指と舌でイクのか。ククッ。いいぞ。イケ。ほうら」

仁科はさらに指の動きを速くする。

「ああん、だめぇぇぇ！」

遙香は大きくのけぞり、ガクッ、ガクッと激しく腰を弾ませる。

仁科が指を抜くと、遙香はがっくりと床に膝をつき、唇を開いてハアッ、ハアッと激しく喘いだ。

ふだんは凛とした双眸が潤んで、目の焦点が合っていなかった。

「ククッ。たまらんよ……相沢遙香、指と口でイッたな。今、キミは大嫌いな私に愛撫されて、女の悦びを味わったのだよ」

四つん這いのまま、背後にいる仁科を驚愕の目で見つめた。

「そ、そんな……私は……私は感じてなんか……」

「まだ言うのか。それなら、もっと素晴らしい快楽を味わわせてやろう」

仁科はズボンのファスナーを引き下ろし、肉棒を取り出した。

紗良を犯したばかりのはずなのに……いやむしろ、仁科の性器はそのときよりも太く漲っている。

まるで「待ってました」とばかりにビクビクと脈動している。

「いやぁぁ！」

ハッと正気になった遙香は、手を伸ばして四つん這いのまま逃げようとする。しかし、仁科がすばやく遙香のヒップをつかんで引き寄せる。

そのときだった。

「は、遙香ぁ！」

田村の叫び声が聞こえた。

うずくまっていた彼が走り寄ってきたのだ。

だが、後ろ手に手錠をハメられたままだ。バランスを崩して、つんのめったときに看守役の男子生徒たちに押さえつけられた。

「た、田村くん！」

「は、遙香ぁ！」

ふたりは見つめ合って手を伸ばした。

その様子を見て、仁科がわなわなと震えた。

「き、きみ……まさか、こいつと……田村とつき合っているのか」

「うう……ううう……」

遙香は答えない。

仁科が勢いよく、遙香のナマ尻を平手で打ち下ろした。

パーンという小気味よい音が響き、遙香は悲鳴をあげた。

「答えろ。つき合っているんだな。小宮山真希を殺すぞ。答えろ！」

仁科が何度も尻をたたく。

遙香はうなだれながら、やがてこくこくと頷いた。

「セックスはしたのか」

遙香は首を横に振る。

仁科がホッとした表情をする。

「そうか。まだか……じゃあ、僕が先だな……ククッ。看守たち、しっかり田村くんを押さえていろ。相沢遙香……恋人の前でたっぷり種づけしてやるからな」

「いやっ、いやぁぁ……田村くんっ、田村くんっ、いやああ」

遙香は悲鳴をあげ、手を伸ばす。

尻奥に熱いモノがあてがわれた瞬間……ズンッと重苦しいモノに貫かれた。

「……！」

声も出ないほどの圧迫感だった。

大きく媚肉が押しひろげられて、最奥にまで響いている。

（ああああ……！）

凄まじい痛みに、遙香は両手で床をひっかいた。

「おお、た、たまらん！」

バックから遙香を貫いた仁科が、歓喜の声をあげる。

ついに、あの相沢遙香を犯してやった。その事実が、より仁科の興奮を煽る。

この子はこれから先、セックスするときに、かならず自分の顔を思い浮かべるだろう。

そんなトラウマに加え、もし孕んでしまえば、この子の幸せな生涯は台なしだ。

「フハッ、ハハハッ。どうだ、処女を失った気分は、相沢遙香」

仁科は遙香の細腰をつかみ、重苦しい一撃を放つ。

「ああっ」

四つん這いで後ろから犯された遙香は、絶望の呻きを漏らした。

逃げようとしても、突き刺さった野太いモノが抜けるはずもなく、それどころか尻たぶに腰をぶつけるほど深くえぐられて、抵抗する気力すら削がれている。

「たまらん、たまらんぞ。ククッ。孕めっ。僕の子を産むんだよ、相沢遙香ッ」

叫びながら、後ろからズン、ズンと子宮口まで切っ先が届いてくる。

お腹の中がカアッと熱くてたまらない。

突かれるたび、内臓が飛び出るのではないかと思うほどの重苦しさに目眩《めまい》がする。

「ああぁっ、ぬ、抜いてっ。お願いっ」

遙香は泣きながら哀願する。

それでも肉体は正直だった。

深いピストンをくり返すたび、膣奥からグチュグチュと愛液の音が迸る。

いやなのに、もう逃げたいのに、少女の肉はまるで膣内射精をせがむようにヒクヒクと蠢き、収縮をくり返して仁科を刺激する。

「いやぁぁぁ。遙香っ、遙香ぁ！」

「相沢さんっ。ああ、仁科先生、もうやめて。もう、こんなことはやめてぇぇぇ」

真希と麻美が手を伸ばすが、男子生徒たちに押さえつけられてしまう。

「小林くん、小宮山真希を犯せ。ほかの看守たちも奴隷を犯せ。いいか、尻の穴だ。尻の穴だぞ。中出しはだめだ。それ以外は好きにしていいぞ。いけ！」

その声が合図となり、実験室は一気に阿鼻叫喚の地獄絵図に変わった。

小林はライフル銃を置いて、抗う真希を抱きしめ、正常位で犯そうとしている。

麻美には男子生徒が数人抱きつき、その甘い唇にむしゃぶりついている。

紗良は男子生徒たちに押さえつけられ、その豊満な肉体をまさぐられている。

凜も愛花も複数の男子生徒たちに愛撫され、悲鳴なのか嗚咽なのかわからぬ声をあげている。

「ククク……いいぞ、いいぞぉ……素晴らしいよ。ほうら、こっちも負けずにいくぞ。いい声で鳴くんだ、相沢遙香ぁ！」

仁科がラストスパートのごとく重いストロークの連打を放つ。

「いやぁぁ。中は、中はいやぁぁ！」

そう叫ぶのに、四つん這いでヒップは妖しくくねり、自ら仁科の腰に押しつけてしまう。

「おお、出るっ、出るぞ！」

仁科が叫んで、最奥を貫いたときだった。

子宮口にただれるような熱を感じた。ねじこまれた切っ先から、熱い精液がじわあっと迸る。

「いやぁぁぁぁ！」

遙香の絶叫が実験室に響き渡った。

エピローグ

背後から犯され、中出しを受けた遥香は、ずるりとペニスを抜かれても微動だにできなかった。

消え入りそうな意識の中で、遥香は押さえつけられた恋人の顔を見た。

絶望に打ちひしがれたその顔に、遥香は悲しみと同時に、仁科に対する狂おしいほどの怒りを感じた。

許さない！

許さない！

許さない！

許さない！

許さない！

そのとき窓の隙間から、きらりと光が見えた。

警察だ。

殺して！

こいつを殺して！

遙香はおもむろに立ちあがって叫んだ。

「来てっ、来てぇぇぇ！」

その瞬間、窓が割れた。蹴破られたのだ。

対テロリストの特殊班たちが数人侵入し、銃を仁科と小林に向けた。

「伏ろぉぉぉ！」

「きゃぁぁぁぁ！」

「いやぁぁぁぁ」

生徒たちは泣き叫んで身をかがめる。

仁科が慌ててポケットを探ったのが見えた。

起爆装置だ。

咄嗟に遙香は思った。

しかし――。

パーン、パーン。

耳をつんざくような乾いた音が響いた。

仁科ががっくりと膝をつき、遙香に向かって倒れてきた。

「いやぁぁ！」

「小林くんっ、小林くん！」

遙香は声のしたほうを向いた。

小林が肩を押さえてうずくまっている。

彼も撃たれたのだ。

「ククク……ククク……」

仰向けになった仁科が笑っている。

仁科の腹部から大量の血が流れていた。

銃を持った狙撃班の男たちが、仁科の起爆装置を奪った。

ようやくだ。

ようやく、悪夢が終わる……。

遙香は仁科の顔を見た。

「ククク、ククク……」

仁科が笑いながら、ゆっくりと手をあげた。
その手には、もうひとつの起爆装置が握られていた。

◉新人作品**大募集**◉

マドンナメイト編集部では、意欲あふれる新人作品を常時募集しております。採用された作品は、本人通知のうえ当文庫より出版されることになります。

【応募要項】未発表作品に限る。四〇〇字詰原稿用紙換算で三〇〇枚以上四〇〇枚以内。必ず梗概をお書き添えのうえ、名前・住所・電話番号を明記してお送り下さい。なお、採否にかかわらず原稿は返却いたしません。また、電話でのお問い合せはご遠慮下さい。

【送付先】〒一〇一-八四〇五 東京都千代田区神田三崎町二-一八-一一 マドンナ社編集部 新人作品募集係

三年C組《さんねんしーぐみ》 今からキミたちは僕の性奴隷です《いまからきみたちはぼくのせいどれいです》

著者◉桐島寿人【きりしま・ひさと】

発行◉マドンナ社
発売◉二見書房　東京都千代田区神田三崎町二-一八-一一
電話　〇三-三五一五-二三一一（代表）
郵便振替　〇〇一七〇-四-二六三九

印刷◉株式会社堀内印刷所　製本◉株式会社村上製本所　落丁・乱丁本はお取替えいたします。定価は、カバーに表示してあります。

ISBN978-4-576-20086-6 ◉Printed in Japan ◉©H.Kirishima 2020

マドンナメイトが楽しめる！　マドンナ社　**電子出版**（インターネット）……https://madonna.futami.co.jp/

Madonna Mate

オトナの文庫マドンナメイト

電子書籍も配信中!!
詳しくはマドンナメイトHP
http://madonna.futami.co.jp

戦隊ヒロイン大ピンチ 聖なる調教の罠
桐島寿人/特務戦隊のブルーとピンクは敵に魔の凌辱を受け

双子姉弟 恥辱のシンクロ強制相姦
桐島寿人/潜入捜査の美しい双子の少年少女が餌食に…

狙われた幼蕾 背徳の処女淫姦
高村マルス/純真だが早熟な美少女は男の歪んだ性欲に

未亡人とその娘 孕ませダブル調教
霧野なぐも/弟は兄嫁を標的にし、さらに……。

美少女略奪 放課後奴隷倶楽部
成海光陽/美少女の智花は何者かに脅迫され…

放課後奴隷市場 略奪された処女妹
成海光陽/鬼畜の義父に母と妹を奴隷化され…

女子校生刑事潜入！ 学園の秘密調教部屋
美里ユウキ/新米刑事は女子校に潜入するも調教され…

性獣女学院 Sランク美少女の調教授業
鬼塚龍騎/全寮制名門校で玩具になる美少女たち！

奴隷帝国ニッポン 牝奴隷調教機関
柚木郁人/敗戦国日本では優秀な子女が愛玩奴隷に…

少女矯正学院破魔島分校 双子美少女の奴隷地獄
深山幽谷/矯正施設で双子姉妹に課される残忍な調教！

奴隷姉妹 恥辱の生き地獄
殿井穂太/姉と妹は歪んだ愛の犠牲となり調教され……

転生美少女 美術室の秘密
辻堂めぐる/教師の前に失った恋人を思わせる美少女が…

Madonna Mate